谢军那一夜

讲述唱作人成长的故事

谢军 著

浩瀚玄妙的宇宙，地球46亿年，我们都是匆匆的过客。
我们为何在茫茫人海中相遇？
为何不在唐朝宋朝见面？
为何我们又会深深相爱？
缘，遗落在人间。

长江出版传媒 | 湖北教育出版社

(鄂)新登字 02 号

图书在版编目(CIP)数据

谢军那一夜/谢军著.
—武汉:湖北教育出版社,2014.3

ISBN 978-7-5351-9390-2
Ⅰ.谢…
Ⅱ.谢…
Ⅲ.散文集-中国-当代
Ⅳ.I267

中国版本图书馆 CIP 数据核字(2014)第 019451 号

谢军那一夜　Xie Jun Nayiye

出 版 人　方　平
责任编辑　孙亦君　陈　浩　　责任校对　肖美华
封面设计　颜森 BOOKDESIGN 设计·13910562516　　责任督印　张遇春

出版发行　长江出版传媒　430070　武汉市雄楚大街 268 号
　　　　　湖北教育出版社　430015　武汉市青年路 277 号
经　　销　新　华　书　店
网　　址　http://www.hbedup.com
印　　刷　武汉中远印务有限公司
地　　址　武汉市硚口区长丰大道特 6 号
开　　本　710mm×1000mm　1/16
印　　张　13
字　　数　180 千字
版　　次　2014 年 3 月第 1 版
印　　次　2014 年 3 月第 1 次印刷
书　　号　ISBN 978-7-5351-9390-2
定　　价　68.00 元

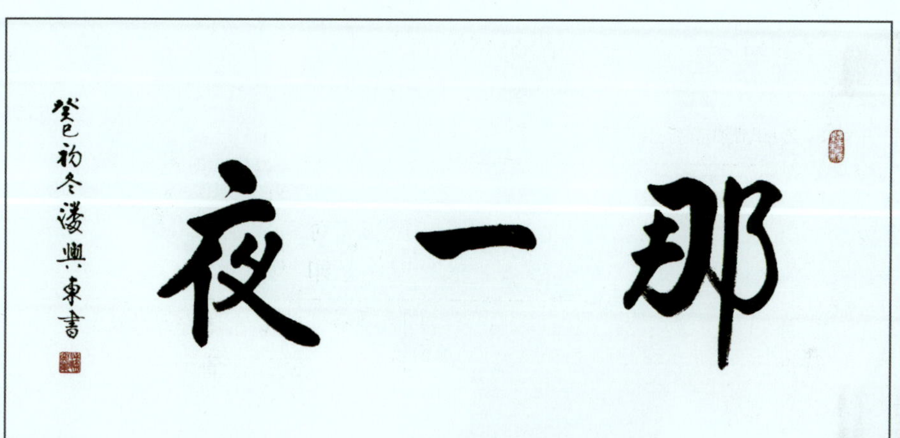
那一夜
癸巳初冬漢興東書

谢军 那一夜

Nayiye

目 录

那夜

Nayiye

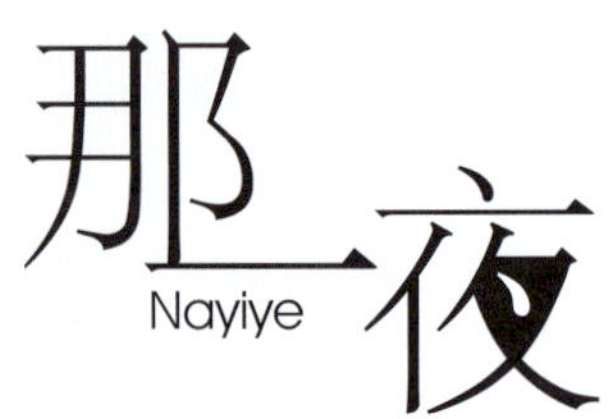

自序

谢军

没有你我，就没有这世界，没有这世界又哪来的你我。

生于尘土，必归于尘土。

我常在静谧的夜里孤独地怀念擦肩而过的你。

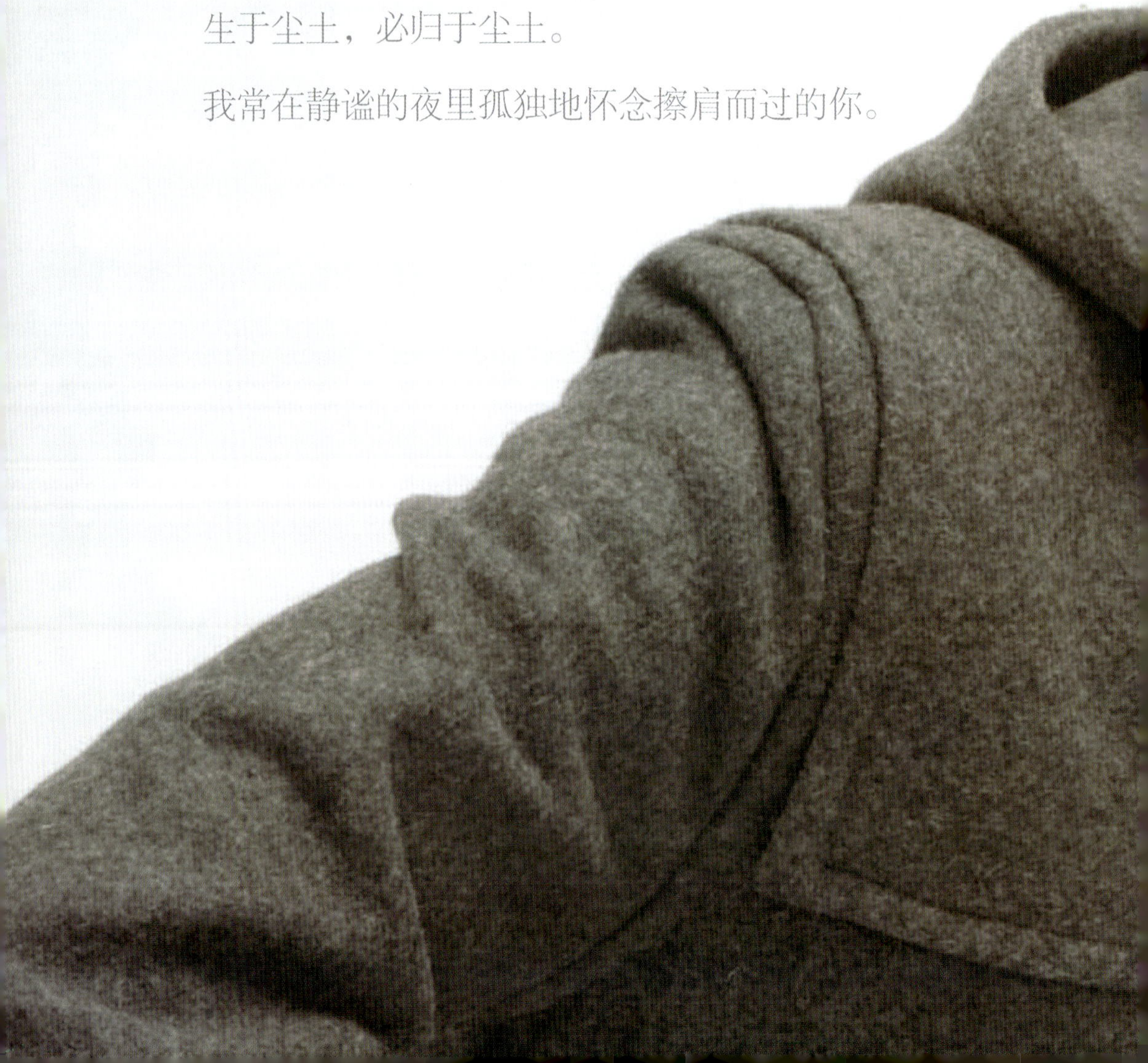

时间过得真快，转眼间人到中年，我时常回忆走过的人生，一幕幕像戏一样，难怪人们常说人生如戏，戏如人生。

感慨春夏秋冬，感慨这世间的缘。太阳执着地西落东升，缘起缘落，世间爱恨情仇、恩恩怨怨、悲欢离合，都将淹没于喧嚣世界的每一个角落。

生于尘土，必归于尘土。我常在静谧的夜里孤独地怀念擦肩而过的你。

没有你我，就没有这世界；没有这世界，哪来的你我。友情、爱情、亲情，让世界充满了爱。有时我们珍惜爱，牵挂、思念尽情折磨着你我。有时我们错过爱，在欢笑、痛苦后感受那难以言表的遗憾和失落。

情感真好！让我们有时充满激情，有时饱尝寂寞。

人生就像一幅画，画中有四季，四季有你我。我们在美丽的画卷里邂逅，相遇、相识、相知并相爱。莫笑路边小草野花，它伴你一程孤独寂寞，也装点了你的生活。

我没有想到来到这世间会与音乐结缘，与爱结缘。音乐在我的世界中几乎占了全部，我对音乐的理解：音乐就是爱！如果有一天我的心里没有了爱，那我将多么孤独寂寞，生活将多么没有情趣，不敢想。就像深深相爱的两个人，有一天分手了，心灵会充满阴霾，日子又会是何等的暗淡无光。

我曾经在和深爱的恋人分手后，一度沉沦颓废，一蹶不振，是音乐拯救了我。就在那时候，我迷上了Hi-Fi音乐，买了六套音响，办公室、家里、工作室到处都是各种顶级监听器材。那段时间，我爱上了蔡琴的声音，在她天籁般的歌声中感受悲欢离合。仿佛和一个这世间不存在的人恋爱，过着虚拟的生活，天天陶醉在音乐的梦中。

终于觉醒！又回到现实中，开始人生中又一次对于我来说是里程碑式的音乐创作。我写了《那一夜》《做你的爱人》《又一夜》和《心在跳情在烧》等作品，复出歌坛，我和我的团队创造了中国手机铃声下载的神话。

今非昔比，如今无线增值行业已是夕阳产业。我依然继续我的音乐旅程，争取创造下一个神话！

原本我打算在事业上再好好奋斗几年，等到46岁时就退休，然后再写一本自传来总结我的前半生。我曾认为写书之人大都学富五车，才高八斗，满腹经纶，或者很有思想，而我很少读书，也很少写作，才疏学浅，因此迟迟不敢动笔。可是在友人的盛情邀约下，我等不及了，我想你们，我亲爱的歌迷朋友们，我要在书中与你们再次相遇，一起分享那段难忘的岁月。

我时常怀念我们相聚的岁月，我要再次感受你们的音容笑貌和欢声笑语，还有那依依不舍的别离。

我羡慕王石的勇气，欣赏他功成名就后的急流勇退！巅峰之后

他毅然退出事业，去享受生活。

为何要等到46岁才去写这本书？因为我爱上了春天！就像蔡琴在《蝶衣》中唱道：这已经展开的春季，是本密密麻麻爱的日记，写着爱你爱你爱你爱你爱你！

赤道上的人感受不到四季的魅力。春夏秋冬，多么美！四种不同颜色，不同风格，我也有四种不同心情：春的奔放，夏的热烈，秋的惆怅，冬的平静。

当我遇见春，我想起了小时候的语文课文：春天来了，冰雪融化，种子发芽，果树开花…… 关于“春”的诗词歌赋太多：唐朝孟浩然的“春眠不觉晓”；南唐后主李煜的“春花秋月何时了，往事知多少……问君能有几多愁，恰似一江春水向东流”。描写春天的歌曲、词汇太多：《春暖花开》、《春水流》、春意盎然、春光无限等。

春来满眼绿，给人无限希望。

我的春天潜藏在我的心里，给予我力量，鼓舞我不断奋勇前进。

浩瀚玄妙的宇宙，地球已经46亿年。悠久的历史长河中，我只是不起眼的出现。

我好不容易来到这个世界，想留下自己的足迹，定下人生的目标。我想再努力奋斗几年，达到目标，然后就退休。退出是为了更好地享受生活，到处走走，把我曾经去过的地方再走一遍，再和我记忆中挥之不去的朋友见见面，享受一下那难以言喻的幸福快乐！

我留恋这个世界，留恋四季，更留恋春天！不想枉来世上一遭！临渊羡鱼，不如退而结网，所以，我想像王石一样追求自己想要的生活。

这本书中写的是我人生舞台的一段插曲，一些花絮。没有什么惊天动地，只是我的亲身经历，还有对人生的一些感悟。

小时候，我们都怀有梦想，在成长过程中又不断树立自己的理想，可是又有多少人后来实现了自己的理想？

我很庆幸，我小时候爱唱歌，初中登台，高中参加各种比赛，大学学音乐教育专业，毕业后出唱片，自己作词作曲演唱，又开唱片公司，一直与音乐为伍。

但现在却发现自己已经没有了曾经的热情和激情。

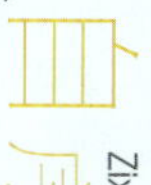

我大学刚毕业时，人生没有方向，也曾迷惘过，但为了事业闯天下仍干劲十足。多少次往返于北京和广州之间，虽然在陌生的城市里没有一个熟人朋友，常常出了火车站不知何去何从，但我依然热情不减。理想之火熊熊燃烧。那时的我几乎跑遍了所有的唱片公司，也结交了一些著名音乐人及歌星朋友。

如今的社会物欲横流。媒体、演艺圈、商圈，不光台前还有幕后都被商业利益驱动。商业时代，文化的商业性自然强，导致这个时代的音乐就像快餐，真正感染人的音乐作品少之又少。我刚出道的时候，很多歌手都是有演出就会去，不会计较钱多钱少，而是珍惜每一次上台的机会。现如今的很多歌手少给一分都不去，音乐差不多沦为金钱的奴隶。有些歌手出行还必须是飞机头等舱，下榻当地最好的酒店套房，歌迷及主办方想与明星照相都难。商业的时代，商业的产物，音乐也不例外。

我不喜欢商业性太强，所有商业性强、低俗恶搞的电视节目我一概都不参加。我的作品能家喻户晓，满大街传唱，比能赚多少钱更让我开心。

我认为音乐有两个功能：

一是作为听觉艺术有其愉悦陶冶情操的审美功能。音乐是要用心去品味、去欣赏的，就像品评一壶好茶、品尝一杯美酒。

二是教育功能。音乐的形式和内容不能千篇一律，不能原地踏步没有发展，要有创新，要能提升大众的欣赏品味。音乐也要“百花齐放，百家争鸣”。

好的音乐缘于爱，有爱就有音乐！爱，不只神圣，还很神奇。有爱的时候，我常常一个人发呆傻笑。我沐浴在爱的风雨中，享受那无尽的亲情、友情、爱情、乡情，在不知不觉中俨然成了一个多情的人。

感谢生命中的每一段相遇，伴我走过无情的岁月；感谢每一次分离，让我在寂寞中走过一程又一程。正是这一程又一程的寂寞，才让音乐逐渐成为我的人生，我们才会相遇。

感谢每一位爱我的人！如果我曾有伤害你们的地方，请释怀宽容谅解！ 谢谢！

2013年10月12日凌晨于北京

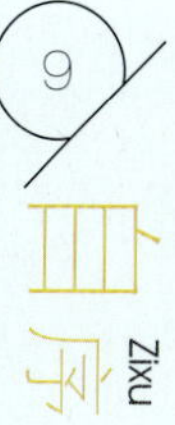

那一夜

虽然她就坐在我的身边，

我却不能牵她的手，不敢对视她的目光，从前那些

美好的往事就像虚幻的梦。

时间过得真快啊，转眼间你我分别20年了。

这20年来你还好吗？忆往昔峥嵘岁月稠，时间的河啊慢慢地流，尘封的记忆如潮水般一波一波涌来，我眼眶湿润。如今的我似乎没有了年轻时的激情，也没有了年轻时的执着。

岁月催人，如今我只想以一颗平常心过平凡人的生活。没有那激情燃烧的轰轰烈烈和惊天动地，也没有人让我再次刻骨铭心。那曾经汹涌澎湃的爱情随着光阴岁月已逝去；那美好的初恋啊化作一串串音符，那音符化作动听的旋律，像雨点一样敲打着我的心，让我时常重温旧时光，感受那伤感的真实故事。

那曾经真实而又遥远的过去，不止一次的恍如昨天。我伸出手，却触不到你。情已逝。

每个人小时候都有梦想，都有理想和追求，然而，理想很丰满，现实却很骨感，大多数人都没能实现自己的理想。很多人迫于生计，从事的工作都不是自己曾经渴望和追求的。在激烈的竞争中，理想和现实天各一方，梦想荡然无存。

我是幸运的。我小时候喜欢音乐，梦想有一天能实现自己的理想。如今走上音乐的道路，歌声、鲜花、掌声伴随着一路走来，感谢那美好的初恋！感谢你我曾经全身心的真情投入！

那难以忘怀的岁月啊，故事中最精彩的部分都随着岁月光阴而流走，随着年华而逝去。不求天长地久，只求曾经拥有，我仍然感谢在我人生的舞台上有你的出现和陪伴！

那年的高考，我是濮阳地区艺术类（音乐和美术）文化课的第一名，填报的是自己喜欢的音乐教育专业（艺术系）。读大学是我和家人多年的期盼，拿到录取通知书的那一天，我心里甭提有多高兴了，一颗求知的心向着理想的方向又迈进了一步，梦想着可以在音乐的海洋里尽情地遨游。

这世间如果没有爱情，音乐会是怎样？那将多么乏味枯燥，我不敢去想。

还记得入校时的情景。校园里的每个角落和走过的足迹，在我多年以后的记忆中竟依然清晰。往事历历在目，一幕一幕涌上心头。

开学后首要任务就是军训。

我是一个特例，估计全校就我一人没有参加军训。因为高考后我做了一个眼部手术，学校领导得知我眼部做了手术后免我军训。但艺术系领导得知我18岁那年参加过河南省首届“蛟龙杯”电视青年歌手大赛并取得了好的成绩，便邀请我参加艺术系音乐专业高年级同学组织的迎新晚会。

在那次迎新晚会上，我演唱了《相逢在雨中》和《你送我花一朵》。我还特意给这两首歌做了精心的舞蹈编排。

当我上场时全场熄灯，台上台下漆黑一片。当前奏音乐响起时，我举着一把雨伞缓缓走上舞台，她也举着一把雨伞从舞台另一边缓缓走上舞台。我们在舞台中央相遇，彼此眼神交错之后擦肩而过，两束追光缓缓跟随我们的步伐。

“纷飞小雨中，跟你再相逢，在脑内又再现拥有过的梦，此刻装作出，我一切也从容，其实眼眸里早已有点红……”

我轻轻推开门走进她的琴房，站在她的钢琴旁，内心局促而又兴奋得不知说什么好。

现场的热烈气氛超过了我同专业高年级的师兄师姐们的表演。那场演出让我在学校一举成名，成为校园里的风云人物。

若干年后我时常回忆这场演出，它是我大学舞台表演的开始。那时我走在校园的路上，或是在图书馆、食堂，都会吸引众多目光。学校举办的各种演出活动基本上都少不了我。在那个舞台上，我做职业歌手出版唱片的梦想在心中萌芽。

开学第一个月，我们全班第一次集体活动，包了一辆旅游巴士去林县水冶镇九龙山郊游，那里离学校不是太远，车程一个多小时。

九龙山香火兴盛，善男信女来往不断，是安阳一带有名的景点。

在田间，在山上，同学们互相追逐嬉闹，喜笑颜开，无忧无虑。因为刚入校不久，大家彼此都还不太熟悉，这次活动拉近了同学们的距离，增进了彼此的友谊。

我也是顽皮的一员，和大家嬉戏忘情于山水间，但我的心思和目光却始终离不开一个女生。她眉目清秀，身材苗条，气质高雅，容貌美丽，清新得与众不同，一路上我被她吸引得晕晕乎乎。一天的游玩下来，大家都很疲惫，我却异常兴奋，意犹未尽。

傍晚回到学校门口下车时，我将一张小纸条塞到她手里，想约她晚饭后在琴房见面。我像做贼一样心虚，害羞得满脸通红，紧张急促的心怦怦跳得很快。

就在那个秋天，就在那个晚上，我们的第一次约会就这样开始了。

很巧我们的琴房是挨着的，我去琴房的时候她已经先到了。她穿了一件粉色的外衣。我轻轻推开门走进她的琴房，站在她的钢琴旁，内心局促而又兴奋得不知说什么好，便故作认真地听她弹奏。

小小的琴房里，两人都不知如何开口，只有美妙的琴声在彼此心间流淌。

从她肯赴约和脸上的笑容，我感觉她可能也在默默喜欢我。因为白天在九龙山，一路上我专门和她追逐嬉闹，她也很配合，身影始终不离我左右。回校下车我给她小纸条时，她的眼神里似乎也有惊喜。

这是爱情吗？我不懂。但当缘分来到时，你无法压抑无法阻挡内心的狂热。喜欢上一个人，那一丝丝温情与甜蜜，在那个入学的秋天让校园变得格外温暖，没有一丝秋的凉意。我们双双坠入了爱河，我恋爱了。

我终于尝到了爱情的滋味。

> 她经常在我们男生宿舍楼下，用她带着家乡信阳光山口音的普通话喊404。

那时的我们一起早起锻炼，一起到食堂就餐，一起去上课。课外时间，我们去看电影，去夜市大排档吃小吃，逛鼓楼、中山街……过得自在惬意，无忧无虑。

我住男生楼404寝室，她经常在我们男生宿舍楼下，用她带着家乡信阳光山口音的普通话喊404。每当听到她青春飞扬激情洋溢的声音响起时，我们404宿舍的所有男生就会非常羡慕我。宿舍当时就我一人在恋爱，大家很好奇，尽管有的同学还从没有恋爱过，但也经常在晚上熄灯后各自躺在自己的床上谈论班里的女生，谈论爱情，发表感慨。

她比我大，像姐姐一样关心照顾我，无微不至。无论在学校食堂就餐还是去校外美食店改善伙食，她总是把好吃的菜往我碗里夹，为这事我经常和她生气。我喜欢好吃的东西两个人一起分享，否则我一个人吃再多也感觉不出它的美味。我愿我爱的她和我一起分享世间快乐美好的一切。

她很朴素，不注重衣着打扮。我们一起逛街买衣服时，她总是买给我，把钱花在我身上。我每次给她挑选衣服时，她总是以这个款式不喜欢或那个颜色不好看等各种理由推辞，我们也经常为这事闹得不愉快。我知道她心里有我，我在她心中占有很重要的位置，但我希望能一起分享。

我那时好玩，爱结交朋友，热情好客，这个习惯一直保留到今天。我家离学校有4个多小时车程。那时候班上大部分同学都去过我家做客。我也邀请过她和我们共同的好友张凤琴同学，一起来到濮阳中原油田我的家做客。她很懂事乖巧，我的家人都非常喜欢她。第一次带女朋友回家能得到家人的认可让我非常开心，我偶尔会幻想、规划毕业后的工作和生活。

在大学相爱的那段日子里，我的每一次演出她都不会错过，都会在台下为我喝彩。有时她也会因其他女生仰慕追求我而内心充满醋意，神情沮丧，虽然她从不说，但我能感觉到，我也时常讲笑话逗她开心来安慰她。

日子就这么一天天地过去，爱情之花慢慢盛开。那时的我们非常传统保守，恋爱了许久也不敢在校园里拉手，只是有一次在琴房里我忍不住偷偷地亲了她一下。

我们一起看电影《月落玉长河》（由小说《穆斯林的葬礼》改编），一起沉浸于那感人的爱情故事中，为故事中的男女主人公掉泪。那个年代纯洁如水般的象牙塔中的爱情让我终生难忘！

转眼秋天过去，冬天来到。好快呀！一学期一眨眼就过去了。

考完试后，学校要放寒假了，同学们归心似箭，校园很快空无一人。唯一没有走的就是我和亲爱的她。我们彼此留恋、难舍难分，学校宿舍楼关闭又不能入住，只能住街上的旅馆了。

日子就这么一天天地过去，
爱情之花慢慢盛开。

天黑后，我们来到学校附近三角湖公园对面的一家招待所。这家招待所我在入学前考专业课时曾经住过，比较熟悉。那时男女要住一个房间必须要有结婚证，我们没有结婚证，于是她独自去前台办理了入住登记手续，我趁值班人员不注意时偷偷溜进房间。就这样我们第一次住在一起，度过了一个难忘的夜晚。

那时的住宿条件简陋，严冬时节，屋里暖气并不热，温度很低，我们和衣而卧，紧紧拥抱着彻夜长谈到天亮。现在回想起来，还是那么美好温馨而又甜蜜。

第二天，我们还是依依不舍。我不忍心让她一个人在寒冷的冬天独自坐长途火车回家，于是就和她买了相同的火车票送她回家，那是与我家乡不同的方向——信阳，那是爱情的方向，她的方向。

那时没有高铁，到信阳火车站时已是凌晨两点，候车室里很冷，到站后我们相拥取暖，在候车室里等待着黎明的到来。

当晨曦来到，天快亮时，我们出站牵着手在白茫茫的雪地里行走。我连着两个晚上没怎么睡觉，实在困得不行，在她的搀扶下，我居然边走路边睡着了，第一次也是唯一的一次走路睡觉。

她把行李放到她妹妹家后，把我带到一家餐馆，非要请我吃饭。我本来打算送她到家后就走，但她坚持要我一起吃午饭，一起

过个小年再走。午饭时她点了我爱吃的菜，依然是把好吃的菜往我碗里夹，看我吃得越多她越高兴。

多情自古伤离别，站台的离别是最痛苦最伤感最难受的。她眼睛红红的，伤心地哭了。我也鼻子发酸，只有强忍泪水。

上车前，我们相拥热吻了几分钟，嘴唇舍不得分开。时间仿佛凝固，我们忘却了冬天的严寒，忘却了站台上还有许多其他的旅客，也顾不上害羞了……多情的信阳站台，难忘的月台吻别。

这么多年过去了，我依然清晰记得那天是1993年1月15日（腊月二十三），都过去20年了，一切却仿佛还在昨天。

回到家中我挨了妈妈的骂，说哪有大学这么晚放假的，都快过年了才回家，可沉浸在爱情喜悦中的我是听不进骂的。

小时候天天盼着过年，过年可以穿新衣服，可以放鞭炮，可以吃各种好吃的，还可以收压岁钱。但1993年的春节我是在相思煎熬与苦盼中度过的，真的是度日如年啊！盼着这个年早点过去，早点开学，早点见到她。

心在信阳，心在她处。那时候电话通信还不是太方便，无法联系。我能感应到她也和我一样地度日如年，两个在热恋中的人，体会到了李清照“一种相思，两处闲愁。此情无计可消除。才下眉头，却上心头”的相思滋味。

时间在相思的煎熬里慢慢行进，终于迎来了新学期报到的日子。仿佛一个世纪没有见面了，一颗忐忑的心，也竟然有些害羞，见面不知说什么好。好在她同样的相思、等待和期盼打消了我的顾虑，我们彼此体会到了对方强烈的思念。

新年伊始，新的学期，我们的爱情继续奔跑前进。

1993年3月中下旬，由于系里要忙于新生专业课考试及录取工作，我们艺术系放假半个月。艺术系与别的系平时上课方式不同，我们大部分时间都是课下自己进行专业练习，课堂上的时间并不多。一下子放这么长的假，同学们又回到了自由的生活中，我该怎样打发这些闲散的时光呢？

我依旧热情地邀请了班里的郭玉贵、贾志芳、樊新平等几位同学，当然还有她，我们5人来到中原油田我的家里。中原油田在濮阳，是个石油城。几位男同学第一次来，我带他们参观游览。濮阳市很干净，当时已经是中国十大卫生园林城市之一。来自地方的同学（油田人有一种自豪优越感，把油田外都称为地方）初次来到这里，感受到了石油城的魅力。

如果青春岁月还能重来，我愿意和她再续前缘，魂牵梦萦。

年轻真好，可以到处游玩。假期太长，大家意犹未尽。我又带着他们去了我的家乡湖北。我们一行5人从安阳坐火车到汉口站。那时大家都还是学生，囊中羞涩。于是我们5人精心配合，展开我们的艺术智商，和列车员智斗周旋，一路有惊无险地逃票到了目的地武汉。当然我们也买了票，只不过不是全票。

我从小就向往武汉。

我的家乡咸宁离武汉很近，每次路过武汉我都会被江城的美所折服。我迷恋长江、汉水、长江大桥、龟蛇二山、晴川饭店，还有江南三大名楼之一的黄鹤楼。记忆中难以磨灭的还有小时候父亲带我去过的武昌解放路，因为那里有我向往的武汉音乐学院。

后来出差又多次到江城，每次我都会想起她。武汉的发展变化好大，直追直辖市。不知远方的她，变了吗?

当年，我们走完了整个武汉长江大桥，照相留影，一起眺望烟波浩渺的水天远方，还从桥头堡下到桥下江边坐轮渡。北方的同学没有到过南方，从没见过这秀丽而充满韵味的江城山水，那个开心劲儿就甭提了。

由衷感叹人类的伟大!

武汉长江大桥，被称为“万里长江第一桥”，横卧于武昌蛇山和汉阳龟山之间的江面上，是中国在万里长江上修建的第一座桥梁，在中国桥梁史上具有重要意义。大桥于1955年9月1日开工建设，1957年10月15日建成通车，毛泽东在此写下“一桥飞架南北，天堑变通途”这一脍炙人口的诗句，表达了对武汉长江大桥的由衷赞美。

我有父亲豪爽的遗传基因，热情好客，爱喝酒，广交朋友，父亲的很多朋友也成了我的好朋友。

在江城，我抽空拜访了父亲的几位好友。一位是汉口武汉液压机械厂的田德成叔叔，一位是冷藏机械厂的官国祥大哥。他们两家人都盛情款待了我们，安排住宿，酒菜招待。事隔多年，很想念他们，但由于各自住址单位变迁，后来联系不上了，一晃已是20年没有见了。

我盼望着能重温往日的旧梦，能故地重游，与朋友一叙。

旅行中我们每个人心中都充满着快乐。在江城的她，越发显得活泼开朗，笑靥动人。那时的我们，眼里心里只有幸福，没有烦恼，无忧无虑。爱，像滔滔江水奔流不息，流淌在我们心间。

美丽的江城留下了她的倩影，留下了我们爱的痕迹。我常在灯火阑珊的夜晚想起往事，她可人的一颦一笑恍如在眼前，又仿佛昨日重现。

爱情奔放热烈，爱火在心中熊熊燃烧，没有什么东西可以浇灭我们心中的火焰。我们就像燃烧的火鸟，在爱情的世界里自由自在地飞翔。

我们一行人热情高涨地继续前进。

离开可爱的武汉后，我们来到我日思夜想美丽的家乡咸宁蒲圻（现在称赤壁）。回到家乡，乡音乡情，熟悉的饭菜香，一切那么美好而又温馨。

我忘不了在机械厂对面的翠竹园宾馆，夜深人静时，我随着夜晚的凉风来到她的房间，和她耳鬓厮磨的缠绵。如果青春岁月还能重来，我愿意和她再续前缘，魂牵梦萦。

一天，我带着同学们到我姑父家做客。一敲门，姑父姑妈大吃一惊，没想到我会来，我的出现给他们带来意外的惊喜。又恰巧赶上我姑妈生日，家里正在请客摆酒席，人多热闹，大家敞开了喝，席间有说有笑。

我亲爱的她也非常开朗，丝毫没有第一次去别人家做客的生疏感，也把这里当成她的家，也许这就是恋爱中的爱屋及乌吧。

我喜欢在这种场合下喝酒，有她在，我的酒量也格外好。如今我为了事业，经常应酬喝酒，也常常在酒桌上豪情万丈，吟诗作词，酒逢知己般地痛饮，可再也找不到当年喝酒时的畅快感了。

当晚姑父将我们安排在他家附近的一家招待所休息。

谁说喜酒不醉人?

我一高兴，喝得太多了，回到房间，胃里翻江倒海地难受。她给我烧水，给我打水泡脚，搀扶我上床为我盖被子，直到我躺下后她才离开。

她的悉心照顾消除了我的一些酒意。夜深人静时，我终于按捺不住心中狂热的爱恋，那久久压抑在心中的情感像洪水般波涛汹涌地袭来……

那是一个属于我们难忘的夜晚!

故乡真好!我愿长做故乡人。

离开蒲圻后，我们继续沿着京广线向南到达旅程的最后一站——岳阳。

那时我们知道岳阳还是因为中学时的课文《岳阳楼记》。

《岳阳楼记》是一篇为重修岳阳楼写的记，由北宋文学家范仲淹应好友巴陵郡太守滕子京之请所作，据说范仲淹本人其实并未到过岳阳。

范仲淹没有到过岳阳，我们来了。

一出火车站，就遇到揽客的。我们挑了一位看起来面善的大姐，跟随大姐走进一条青石板的小巷，就到了她开的家庭小旅馆。屋里很干净，大姐也非常热情，给每个房间送应急蜡烛和开水，还给我们准备了丰盛的晚饭。饭菜味道非常可口，像极了我家乡的风味，让我至今仍回味无穷。

多年以后我故地重游，已找不到这家店了，热情好客的岳阳大姐和那美味可口的饭菜香却永远留在我的记忆里。

岳阳楼太美了，比想象中的更美，登上岳阳楼眺望烟波浩渺的八百里洞庭，我忍不住唱起了《八百里洞庭美如画》。

那时我想，我和她如果能生活在这里该多么美好幸福啊！

岳阳，比画还美的人间胜境，那时的我十分羡慕生活在这里的人们。更未曾想到许多年后，我会多次来到这个城市，在这里演出，拥有许多当地歌迷，能受到当地政府领导的热情接待，并结识了许多当地的朋友。在15年后的2008年，我应岳阳市委宣传部的邀请来这里采风，创作了歌曲《美丽的岳阳》。

一切好似冥冥中的约定，是一种缘分，也是我在内心深处的呼唤。赴心灵之约，寻找她的足迹，寻访她的气息，分辨来时的路，缘于心中的一种情结。歌中有她的影子，有想念她的伤感，还有对

美好未来的憧憬和希冀。

遗憾的是，这美丽的岳阳城啊，早已没有了当年顾盼生辉的她。

每次来到这个城市，仿佛还能嗅到她身上的淡淡清香。

属于我们的岁月虽不多，我却是用一生去回味，穿越时空，搜寻记忆中点点滴滴的美好。

没有她，就没有我的《那一夜》，就没有今天的我。

没有洞庭湖的岳阳就不是岳阳。

岳阳更离不开美丽的君山。

（尹明伟　摄）

美丽的岳阳

作词：谢军　　作曲：谢军　　演唱：谢军

（美丽的岳阳楼　多情的洞庭湖　渔歌唱不尽　君山的茶叶香）

迎面吹来一阵清爽的风
飘来君山阿妹茶园的茶叶香
云彩轻轻飞　幸福万年长
岳阳　最美的地方

你的忧伤像那长长的汨罗江
绵绵春雨不停敲打在我心上
丢了我的魂　忘了我的情
为你　人间的天堂

美丽的岳阳　爱情的故乡
让我快乐地歌唱
长长的汨罗江　梦想在成长
伴我自由地飞翔

美丽的岳阳　许下你的愿望
一起寻找她的方向
登上那岳阳楼　满天的霞光
人们穿上了梦的霓裳

君山岛盛产的君山银针茶，是中国十大名茶之一，也是十大名茶中唯一的观赏茶，君山银针全由芽头制成，茶身满布毫毛，色泽鲜亮，香气高爽，汤色橙黄，滋味甘醇。虽久置而其味不变。冲泡时可从明亮的杏黄色茶汤中看到根根银针直立向上，几番飞舞之后，团聚一起立于杯底。

君山岛也称爱情岛，那动人的故事和美丽的传说令人神往。君山岛，古称洞庭山、湘山、有缘山，是八百里洞庭湖中的一个小岛，与千古名楼岳阳楼遥遥相对，总面积0.96平方千米，由大小72座山峰组成，现为国家级重点风景名胜区，国家5A级旅游区。

中国古代有两个美丽的传说就发生在君山。

（君山揽胜　杨一九　摄）

一是娥皇、女英的故事，相传舜帝南巡时久久不归，娥皇和女英便到南方来寻找。在到达洞庭湖君山岛时以为舜帝已死，姐妹二人哭干了眼泪。现在君山岛上的斑竹（又称湘妃竹）上有一圈圈紫色的花纹，好像一颗颗泪珠，相传就是娥皇、女英的眼泪。这里的斑竹一旦移植到外地，斑竹泪痕就会自然消掉。

二是柳毅传书的故事。唐朝的柳毅到长安赶考，在途中遇上落难的小龙女，小龙女让其带一封书信到钱塘江给龙王。柳毅送信成功，救了小龙女后，小龙女便以身相许，下嫁于他。现在君山有一座柳毅井，相传柳毅就是从那里下水到达龙宫的。总之，两个催人泪下的故事感人至深。

2005年，岳阳市政府便将君山岛改为爱情岛，岛上以前的钟相杨幺起义馆改为了爱情博物馆。

我们畅游君山岛，沉浸在美丽的传说中，感受着那些缠绵悱恻的爱情故事。

2008年我再次来到君山创作采风，品尝君山银针茶，看着那翩翩起舞的叶芽，心中那股爱火再次被点燃。不知她在远方过得怎么样？还记得我吗？可知道我还是当年的我，还是那个初恋时不懂事、长不大的男孩。

第一次出远门游玩就大饱眼福，江南三大名楼的黄鹤楼、岳阳楼尽收眼底，只剩下南昌滕王阁了。我和亲爱的她相约着下次再一起去南昌。

如今这么多年过去了，没有她的陪伴我一直没有去滕王阁。

旅游能让人开阔眼界、拓展思维，让人忘却烦恼，心情美好，精神振奋，何况一路有美酒佳肴、佳人陪伴，更是一种幸福！

校园的初恋并不是一帆风顺的。幸福才刚刚开始，烦恼也接踵而来。我在学校里也算风云人物，关注度和回头率极高。不知道为什么，老师和同学们都不太支持我们恋爱。班里也有其他同学在恋爱，却没有人反对。毕业后班上有四对同学成功地走向了婚姻的殿堂，他们都得到了大家的祝福！相比之下，我是爱情的失败者，是爱情的逃兵。

半个月的假期看起来漫长，但一转眼就过去了。回到学校后我的心却收不回来了，每天神情恍惚，仿佛变了一个人，变得忧郁伤感。我时常幻想自己还在江南的国度里，闭上眼睛，感受那江南的丝丝细雨，觉得格外有诗意。所以，到现在我仍保持着喜欢雨中散步的习惯。

那些天，一种莫名的苦恼和担心天天缠绕着我，让我不能安心上课，没有心思学习，总害怕会发生什么事。

我开始疏远她，除了上课在教室出现外，基本上消失在大家的视线里了。食堂里我们不再在一起吃饭了，电影院里没有我们的身影，校外的夜市我们也不再一起光顾，周末我们也不再一起逛街，不再一起散步，男生宿舍楼下再也听不到她大声喊404的声音……

那时，我坐在教室的第一排，每次一下课我第一个离开教室。有时在校园的路上和她相遇，也不打招呼，把头低下，目光都不敢和她接触。她约我见面，我也总是躲避不见。她同寝室的室友专门找我谈话，说她情绪非常不好，接受不了我的冷漠态度，问我原因，我也默不作声。

我没有提出分手，却用行动来拒绝着她。

一次隔壁405寝室几个要好的同学聚餐，我故意回避没有参加，因为她在。那天她喝了很多的白酒，她是用痛苦和泪水喝的，醉得不省人事，我知道她是为我而醉。

现在回想起来，那是对她多大的伤害啊！她承受着多大的痛苦啊！我对她太残忍了，太不公平了。

难以想象那些痛苦和伤心的日日夜夜她是怎样度过的。在那个炎热的夏天，我们从此天各一方。今生还能再见面吗？

因为爱得太深，她接受不了这样的结果。接下来的大学岁月里，她一直走不出分手的阴影，学习也难以专心，钢琴、和声学等好几门功课都考得不好。

难以想象那些痛苦和伤心的日日夜夜她是怎样度过的。我实在不忍心，临近毕业时约她去三角湖电影院看了场电影。电影里放的什么我完全不知道，只觉得脑海中一片混乱。

虽然她就坐在我的身边，我却不能牵她的手，不敢对视她的目光，从前那些美好的往事就像虚幻的梦。

看完电影回学校的路上，我比她还心事重重，我故意将脚步放慢，其实心里舍不得离开，想多和她待会儿。我打破沉默，让她好好复习，争取顺利通过毕业考试，这迟来的关怀，让她惊讶，一丝久违的笑容挂在她的脸上。她还是那么迷人，还是那么温柔那么好。她问我毕业后有什么打算，是回原籍教书还是改行做别的。她说她的哥哥在帮她安排工作的事，如果我没有好的去处，就让她哥哥把我的户籍从学校转过去也帮我安排一份工作。

她真的是太善良了，我那样待她，她还对我这么好。那时候毕业分配如果没有社会关系就会被分到偏远农村。我曾对不起她，辜负了她的爱，我欠她太多，无颜接受她的帮助，我婉言谢绝了。

我也不知道毕业后会去哪里？会从事怎样的工作？还是按正常分配，走一步算一步吧。

没有走上社会的我，不知道未来的日子会怎样？有没有泥泞、坎坷、荆棘？

大学生活是难忘的。毕业离校前，同学们难舍难分，洒泪告别，甚至抱头痛哭。

在我后来闯荡歌坛的那些艰苦的日子里，我经常翻看毕业留言册。同学们的留言和寄语时常激励着我不断努力不断前进……

1994年7月1日，大学生活结束了，我们终于毕业了。同学们互相道别，恋恋不舍地离开了那个有梦有故事的城市。在那个炎热的夏天，我们从此天各一方。今生还能再见面吗？

在学校里不珍惜爱情，回到原籍后，我一下子像掉了魂似的，脑海里全是她的影子，为什么不答应她和她一起去她的家乡工作生活？难道就是为了男人的尊严和骨气？我是明明知道自己错了却不承认，没有勇气去认错，铸成终生遗憾。世上是没有后悔药的。

接下来一系列糟糕的事接踵而来，打乱了我美好的人生规划，使我即将开始的事业，一下子跌到谷底，没有了往日的风光，一种世界末日般的悲观笼罩着我。

我还没有做好走上社会的准备。毕业时学校把我的户籍打回了原籍。父母不想让我在地方工作，希望我回油田到他们身边。可是我当年是以地区文化课（文科）第一名考上大学的，由于分数太高没有占油田委培指标，户籍打回原籍后油田不接收。我就这样毫无准备地被分到了濮阳地方。濮阳市教委把我分到濮阳

县，濮阳县教育局又把我分到文留镇，文留镇文教组又把我分到一个偏远的村里教初中。那所初中全校只有三个年级，每个年级一个班。

第一天报到时，学校非常重视。校长骑着自行车在镇文教组接上我后，去镇里集市买了两瓶宋河粮液，还买了烧鸡、黄瓜等下酒菜。我坐着校长的自行车和他一起回到学校。

学校不大，一个小院，一排平房，很简陋。全校老师包括校领导和做饭的伙夫一共十来人，大家围坐在一起为我接风。村里好不容易分来个大学生，每个人都非常热情。烧鸡拌黄瓜一大盆子，分量很足，就这一个凉菜，没有热菜，估计这里平时都不聚餐，筷子不够，酒杯也不够，筷子和酒杯大家互相传着用，你吃一口我再吃，我喝一杯你再喝。

我内心的滋味难以言表。那天的我带着无限失意和无限悲观醉倒了。从第二天起我再也没有去报到上班，我去了采油一厂医院，第一次走后门求人开了病假条。我把医院开的需长假休息的病假条托人送到文留镇文教组，我没有亲自去，我接受不了这个事实。我很多农村的同学工作都分配得很好，而我的前途和未来一片茫然。

那段时间，我躲在家里闭门不出，不想听到邻居、熟人的嘲笑和议论。当初考上大学时我的成绩让很多人嫉妒，现在毕业工作分配不好，有些人正好看笑话。我整日在家无精打采，唉声叹气，难道一辈子就这样完了？家人看在眼里也难受，但他们也无能为力。

那个时候的我几乎绝望了，生活黯然无光。经常也会思念起远在信阳的她。

没多久，油田搞艺术节，各单位组织节目参加文艺汇演。我代表爸爸的单位表演了节目，结交了一批志趣相投的文艺青年。重登舞台的演出再次点燃了我心中遥远的梦想。既然不去乡下当老师，就去实现自己曾经的远大抱负吧，去做一名职业歌手。

我打开毕业留言册，那一页页字里行间真挚美好的祝福，带给我很多美好的回忆。同学们对我寄予很大的期望，希望我能唱出名堂来。我如果成功，他们一定会以我为骄傲。我不能沉沦，不能虚度光阴，我必须努力奋斗搏一搏，我要走出这石油庄园，我要去外面的世界闯一闯。

一只久关在笼子里的鸟，渴望在自由的天空翱翔。我要成功，我不能再依靠家里，我要自己养活自己，不能让妈妈为我担心。我要给咖啡加点糖，我要让日子有滋有味好起来。我要在事业成功的那一天去见她。她会等我吗？

一番心理斗争和自我安慰后，我很快从思想的困境中走出来，人也变得乐观许多。每天我会和一帮喜爱文艺的朋友们聚在一起，去卡拉OK或是开怀畅饮聊天，驱走了心中那久久挥之不去的阴霾，理想之火再次被点燃。

朋友们看好我的才华，说我一定能行，并资助我路费，鼓励我走出去闯一闯，让我非常感动。

带着家人的担心和朋友们的期望，1994年的秋天我踏上了南下的列车。

中原油田离北京很近，但我却选择了广州。第一次离家去这么远的地方，我有一种逼上梁山的感觉。

广州当时是中国歌坛流行音乐的大本营，有很多知名的唱片公司，如新时代、中唱广州、太平洋、白天鹅等。一大批新生代歌手涌现歌坛，激励着我。

列车向南行进，载着我的梦，载着我的理想和事业。我不再像学生时代那样逃票，一个人带着许多行李，不觉得沉，不觉得累，我暗暗地下决心一定要好好努力，别人行我也一定能行，只准前进不准后退，只许成功不许失败。

到达终点站后，我一个人孤独地站在车站广场上。放眼望去，广州站真大，人山人海，大多数是南下打工的。高楼大厦、立交桥和来往的车辆让我迷惘，我该何去何从？我在心里问自己。

出了车站，我下意识地跟着几个民工上了一辆车。车到终点后，民工们都下车去了工地。我傻眼了，我没有去处，只好背着重重的行囊在街上游走。在陌生的城市无依无靠，又没有出远门的经验，我一时有些不知所措。但既来之，则安之，我决定先找个地方住下来，便选择了天平架一家干净便宜的军区招待所。

第二天吃完早饭，我便在招待所周边到处走走熟悉地形，晚上找歌厅面试做歌手。在广州的歌厅夜总会应聘做歌手可真难，因为我不会唱粤语，不会讲白话，很难通过面试。

我决定离开这里去深圳，因为深圳外来人口多，很多我喜爱的歌星如陈汝佳、刘欣茹、吕念祖等都是在深圳的茶座、歌厅中唱歌走红的。我带着美好的憧憬来到深圳，住在离火车站不远的春风路石油招待所，因为从小在油田生活，对石油招待所也格外亲切。

我试唱了几家歌厅，反响不错，于是就搬到价格便宜的黄贝岭住。那时的我在阳光、老地方、大将军、凤凰、月光等歌厅唱过歌。

深圳果然比广州好发展，我的心情豁然开朗，即使每天吃盒饭快餐都觉得特别香。只是晚上休息不好，这里的夜生活把我的生物钟打乱了。每天半夜回到黄贝岭的铁皮房里，房间没有电风扇，热得根本睡不着。屋子又小，放下一张床后基本上就没什么地方了。

后来我又去珠海等地发展，在当时火爆的银都、粤海等歌厅唱歌。记忆深刻的是在中山，韩斯琴姐姐挽留我，邀请我在中山和她一起办教学班。她是星海音乐学院毕业的，热爱音乐。她希望我们能携手合作，她负责投资，我负责教学。可惜那时候的我只对唱歌感兴趣，对教学没有兴趣。

历经广州、深圳、珠海和中山之行以后，我更加清楚地知道自己该怎么做歌手？做什么样的歌手？离理想似乎越来越近了。

我不想做夜总会、歌厅的歌手，我要做唱片歌手，我要出卡带。我要在更大的舞台上展现自己，我要让我的同学们听到我的歌，在电视上看见我，尤其是她。

转眼春节临近，我回到了油田和家人团聚。请的病假也到期了，我也没有心思回单位上班，也不想再继续请病假，于是就交了停薪留职费把工作关系转出县教育局，放在了人才交流中心。

这个春节我过得还算轻松，目标明确了，只打算等春节过完再赴广州圆自己做歌手的梦。

广州，我又来了。这一次，繁华的南国花城对我来说不再陌生，我还是住在上次的军区招待所。我买来广州地图，把我所熟悉的唱片公司在地图上一一标出，我要一家一家去面试拜访。为了节省开支，我每天精打细算，合理安排住宿、吃饭和交通等各种费用，不喝矿泉水，不吃零食水果，尽量少坐公交车，看着地图多走走路，就当是锻炼。

那时候广州街上行人走路都很快，行色匆匆，每个外来人都在耕耘自己的梦想。城市的快节奏影响着每个人，也影响着我。从那时起，我走路速度也非常快，一直到今天都是如此。

当时我虽没挣到钱，但节省了一些钱。来广州前，妈妈瞒着爸爸把家里的积蓄大部分都给了我，我舍不得花，后来回去时又都还给了妈妈。我深知，父母挣点血汗钱不容易，这都是他们一分一分攒的。妈妈喜欢音乐，年轻时也上台演出过，她比爸爸更支持我的音乐事业。儿行千里母担忧，我只身一人在外漂泊，没有固定电话，没有固定地址，妈妈联系不上我，无数个夜里因为担心而失眠。爸爸说，妈妈那时候每天都会收看广东台，牵挂着我。一次电视报道广州一个桥梁塌陷，她日夜担心生怕我有什么事。

现在回想起来，那个时候闯歌坛就是在赌，赌事业、赌成功、赌人生，如果失败了会怎样？

在广州的日子，我每天提醒自己，要努力规划未来，做好迈进歌坛的各种准备。告诫自己不要追逐眼前利益，不能满足于在歌厅里唱，要少走弯路多走捷径，尽快灌录自己的唱片。

当时，我就近来到离住处不远的沙河水荫四横路中唱广州分公司，这家公司当时签了几位非常流行的歌手，如李春波、陈明、陈思思等。在那里，我还结识了著名音乐人吴颂今老师，他写了很多脍炙人口的歌曲，如杨钰莹的《凤凰姑娘》《茶山情歌》《风含

情水含笑》等。当时，他正帮江西歌手周亮录制《你那里下雪了吗》。我把自己写的一些作品给吴老师看，让他帮着挑选，看看有没有可以出唱片的作品。吴老师很认可我写的歌，建议我录张自己的作品专辑。

在这第一家唱片公司的面试，我收获不小，增添了不少信心，我决定把四家公司都拜访一遍再做下一步的决定。

第二天，我带着愉快的心情，来到了瑶台山西大厦的广州新时代影音公司。电梯门一打开，映入眼帘的是公司签约歌手毛宁、杨钰莹、林依轮、殷浩、彭恋斯等的巨幅海报，在射灯的照射下格外耀眼，让我激动又羡慕。企划部赵敏老师接待了我，我在他的办公室大胆地清唱自己的作品，也演绎了毛宁的《等你在老地方》和林

依轮的《十二座光阴的小城》。他很欣赏，挽留我留在广州发展，让我等合适的机会推出自己的歌曲，就像杨钰莹的《我不想说》，一部电视剧《外来妹》让她瞬间走红大江南北一样。

位于人民中路流花湖对面的广电大院我是第二次来了。1979年，中国第一家唱片公司——太平洋影音有限公司在这里成立，小时候看到很多卡带上都有一个云雀的标志，就是他们公司的。我曾在1994年来过这里一次，认识了著名音乐人朱德荣老师。朱老师曾经是歌手，在吴涤清的那个年代风靡一时，后来退居幕后做制作人，代表作《九月九的酒》，李春波就是他发现的，《小芳》整张专辑也是他制作完成的。当时太平洋的总经理是陈小奇，代表作有《涛声依旧》《大哥还好吗》等。“太平洋”也签了几位著名歌手如甘萍、火风、光头李进、朱含芳等。第二次和朱老师见面时，他建议我先不录专辑，让我录制主打单曲。

白天鹅音像出版社比较远，要过珠江，在珠江电影制片厂内。“白天鹅”当时的负责人是严华骧先生，签了高林生、刘晓钰等歌手。

我在短短的时间内，不仅拜访了广州的几家国内顶尖的唱片公司，还抽时间北上去了几次北京。做了各种比较分析后，我决定还是在广州录制自己的首张唱片歌曲。

我选择了和朱德荣老师合作，让他做我的制作人。之所以放弃了和吴颂今老师合作，是因为吴老师用我不太喜欢的乐队来编配伴奏音乐，而朱老师用的编曲人是王钢。王钢是我的老乡，非常优秀，我非常崇拜他，他也是从湖北到广州打拼闯出来的，当时号称乐坛第一编曲人，编曲费用也最贵，很多歌手专辑的主打歌都是出自他之手，如陈少华的《九月九的酒》，林依轮的《爱情鸟》《火火的歌谣》，李春波的《小芳》整张专辑，陈明的《夜玫瑰》等。

在当时的广州乐坛，唱片录制费用特别高，新人一般都是自己投资。朱德荣老师开出的制作费用也很高，但我决定试一试。我打算听取朱老师的意见先录单曲，不录专辑；再说录专辑钱也不够，不如将钱花在刀刃上，万一录的歌不好听就等于打水漂了，水花可能都没有一个。一定要对自己负责，选好的作品，录制两首好的主打歌，如果走红了，成绩好了，赚了钱再接着录专辑。

做了决定后，我先回家去筹款。列车又载着辛苦的我昼夜不停地向北方挺进。

每次火车路过信阳报站时，我都心潮澎湃，因为她在这座城市。不知道她毕业后过得怎样？思念和牵挂从心头袭来，真想见见她。

我听她的朋友张凤琴说她毕业后一直没有找对象，她心里还是放不下我，我决定见见她，于是在信阳下车。

这个熟悉的车站，空气中仿佛有当年的味道。这座普通的小城，却让我觉得格外亲切。我没有她的电话，不知道她的单位，我该去哪里找呢？我依稀记得她家住在胜利路，在家门口路边还开了家小化妆品店。我背着行李一条条街走，经过熟悉的东方红大道时，终于找到她家的店里。

她在单位还没下班，店里只有她的父亲在。老人很冷淡，始终不愿意告诉我他女儿在哪儿。我只好离开，但又不甘心。

我拼命搜寻记忆，忽然想起她曾提到有个哥哥在税务局工作，还是个领导。于是有了一线希望，我直奔他哥哥单位，还真找到了。他哥哥在办公室热情接待了我，烧水泡茶，寒暄问候。

他哥哥给她打了电话，但她那天工作特别忙下班晚，不能来接我，于是她哥哥打电话让他父亲来接我。他父亲走进办公室时，我们见面很尴尬。这次老人家对我的态度稍好了一点，骑着自行车带着我，一路上一言不发，把我又接回到他家里。我好不容易盼到她回来时已经天黑。

当她清新地站在我面前时，我百感交集，心里不是滋味。见面真不容易，毕业快一年了。我日思夜想的人儿，我至今一事无成，连个工作都没有，我该如何面对你呢？

我不知说什么好，虽然近在咫尺，却感觉是世界上最遥远的距离，一个在天上云端，一个深陷海底。你是飞鸟，我是鱼，天上的飞鸟怎么会爱上水里的鱼？我自卑拘谨得有些放不开。

她没想到我会来，见到我非常高兴，对我没有一丝的怨恨。对于她父亲的冷漠，她给我解释说，因为他的父亲性格孤僻又特别封建，不喜欢外地的男孩子找她。曾经有一个男孩从很远的地方过来追求她，她不同意，那个男孩喝多了酒赖着不走还要酒疯，惹得她父亲非常生气。

晚上，我在她家里和她家人一起吃晚饭，他父亲不怎么说话，我也低头少语，家里的空气很严肃。她妈妈倒是非常热情，不停地让我多吃菜。

我们几乎没有独处的时间。只是在她带我去胡同里上公共厕所时，我才有几分钟的时间和她单独在一起。短短的几分钟里，我想为过去对她的伤害道歉，但说不出口，无边的夜色让我把想说的话又埋在了心底。

晚上我和她爸爸睡在一张床上，静谧的夜伴着他的鼾声。我没有睡意，想着如果没有分手，我们现在可能结婚了，每天下班后在一起该多么幸福，我也不用这么辛苦地到处去奔波去打拼。她不会知道我毕业后工作分配得多么糟糕，我已不是当年学校里风光的我，我的人生发生了翻天覆地的变化，我曾绝望过，痛苦过，几乎想过自杀，是她和妈妈的爱在我内心深处支撑着我。我不能让她们伤心，再苦我也要努力搏一下。我相信我能成功，可是我害怕成功来得太晚，怕她等不到那一天就会嫁给了别人。

早晨的空气格外清新。一大早我就去火车站赶火车，她也要赶着去上班，她先把我送到车站。又是一次离别，又是在这个车站，又是我们。上次是在站台，这次是在进站口。人生中还会有几次这样的情景？

她还是那么体贴，给我买了些吃的，坚持让我拿着。还嘱咐我在外一定要保重身体，我一抬头，看到她眼里已满是泪水……我努力控制着自己的情绪，上车后还是忍不住，不知不觉泪流满面。

我不知道下次见面会是何时？不知道今生错过这段缘后会再遇到什么样的人？我知道茫茫人海里再也找不到第二个她了，她会花落谁家呢？

离开信阳后，我很快就到家了。回到家感到格外温馨，世界上最温暖的地方就是家，家是爱的港湾，是我的起点，也是我的终

点。当我在外漂泊寂寞孤独时，家是我心灵的慰藉。爸爸妈妈妹妹见到我回来格外高兴，一家人团聚，其乐融融。这次家里人都支持我录制唱片，爸爸也不反对了，妈妈再次把积蓄拿给我，妹妹也把上班存的工资拿来支援我，一共五万多元，那是那个年代一个普通家庭的所有积蓄了。

我觉得压力很大！我感觉自己就好像在赌博，要是失败了他们该多么伤心啊！可是我没有回头路了。

为了节约成本，我决定用保守的方案来做这两首歌：只用一首著名音乐人写的作品，另一首我去想办法。我回到了母校，向当年的老师和系主任求助，让他们按着我的要求写。可是拿到稿件后，我一阵失望，学院派的歌词及作曲只能应付教学，就像有些武术的套路只是花拳绣腿而不能实战，离现实唱片工业的制作水准及要求差太远了。

怎么办？只能靠自己，自己摸索着去写。如果能写出好歌，还可以节约许多钱。

于是，我买来很多书籍，开始研究流行歌曲创作的方法。我相信任何事物都有它的规律，抓住事物的规律就好办了。我把一些过去经典的老歌和近年流行的好听的歌曲都抄在本子上，首先分析歌词。一首歌短短十几句以怎样的层次布局？怎样起歌名？怎样押韵？怎样表现起承转合？怎样分段落结构？怎样叙述表现？高潮副歌如何展开发展？好的作品都是怎样表现的，有什么共性？

通过努力钻研，我找到了窍门，找到了它们的规律。接着我又分析作曲。有的歌开头旋律好听，但大多数歌是高潮好听吸引人；有的歌曲编配很讲究，前奏音乐部分很好听，让人一听前奏就记住了这首歌。总之，一首歌通常一共十几句，词要简洁明快通俗易懂，旋律要好听易于传唱，还必须有几句抓住人心，哪怕只有一句能抓住人的心就成功了。

找到歌词创作及作曲的技法窍门，不代表就一定能写出好的作品。好在我这个文科状元还是有些天分。在上中学时我就爱写诗歌、散文和短篇小说，经常投稿，还发表过文章。当时也很调皮，经常给女生写情书，这下子派上用场了。

写情歌，歌词越感人越好，旋律越上口越好。

我做好了创作的准备，出行随时带着纸笔，随时有灵感随时写。灵感火花往往在一瞬间迸发，要迅速抓住，落在纸上，否则转瞬即逝。

我又打点行囊离开家，再次南下，奔赴那迷雾茫茫的远方，圆我灌录唱片的梦想。

车慢慢地行驶着离开了这座城市。在濮阳到郑州的长途汽车上，我望着窗外发呆。为了理想和出路，我这已经是第八次踏上离开家去广州及北京寻梦的路了。前方的路是这么熟悉，每一站我都能背下来，有我初恋的地方、她的家乡，还有我儿时成长的故乡。

当她清新地站在我面前时，我百感交集，心里不是滋味。虽然近在咫尺，却感觉是世界上最遥远的距离，一个在天上云端，一个深陷海底。

那梦中的人儿，我几时能与你重逢？重逢在阳光明媚或细雨霏霏的路上。我想起了有关她的点点滴滴，想起了家乡长江边渔民乌篷船上的渔火，一种伤感油然而生，灵感也突然拜访。我随手拿起一个信封，在空白处写下了“南方小小的乌篷船，点缀家乡的夜晚”。先写的高潮副歌，再写的主歌，而且词和曲一起出来，不像有的作品先写词再谱曲，或者先有曲再填词。我终于找到这把创作的钥匙，欣喜若狂。

那段时间我痴迷于创作，在招待所集体宿舍住的时候，怕打扰室友的休息，我时常在半夜来灵感时打着手电筒写作。功夫不负有心人，这首《乌篷船》诞生了，词和曲我都很满意。

万事俱备，只欠东风。资金有了，自己创作的作品有了，我马上赶到广州和朱德荣老师见面，商量歌路、定位及怎样发展。

当时广州正逢打工潮，外来人特别多，大批热血青年南下打工淘金。作为其中一员，我深深体会到一个人创一番事业太不容易。经过商量后，我们一致决定唱一首关于离开家乡创业的歌，鼓舞激励人们在他乡不畏艰难，乐观积极向上。恰好词作者樊孝斌（代表作《好人好梦》《幸福山歌》）也是从江西家乡南下来到广州发展的，大家精诚合作，一首带有湖南民歌风格的小调歌曲《憨哥哥的歌》问世。我在大学学声乐时主攻民族唱法，于是，在演绎这首歌时，我把民族唱法和通俗唱法有机地结合了起来，获得了很好的效果。

《乌篷船》和《憨哥哥的歌》两首歌都是由王钢MIDI编曲，朱德荣任制作人及监制，林盛录音，梅子混音。当时毛宁、杨钰莹、林依轮、李春波、火风等很多著名歌星的唱片都是出自他们之手。

第一次录制唱片就和这几位顶尖音乐人合作，我非常激动。记得第一次在王钢音乐工作室听《乌篷船》的音乐伴奏小样，当前奏部分中古筝如行云流水般出现，以及扬琴、贝斯、鼓等各种打击乐器演奏后，那弯弯的青石板小路、小桥流水人家……一幅江南水乡画卷呈现在眼前。一首江南韵味十足的歌曲征服了我的耳朵，十分好听，和许多当时流行的歌曲相比毫不逊色。我不敢相信自己的耳朵，这是我写的歌曲吗？是出自我之手吗？我的眼泪不由自主地落了下来。

《乌篷船》是我音乐上的起点，是我录制的第一首歌，也是我音乐的转折点。我之前只是一名歌手，不会写歌，《乌篷船》的词曲创作让我增强了自信，明白我自己能行，是它激励我成为一名创作歌手。

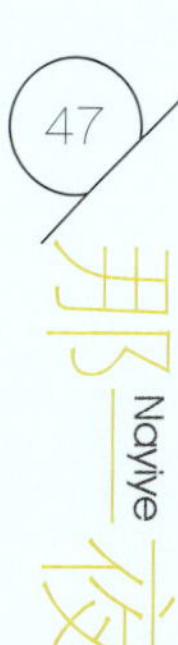

乌 篷 船

作词：谢军　　作曲：谢军　　演唱：谢军

南方小小的乌篷船
那是我记忆中最美的梦幻
姑娘在船头放声歌唱
我的心在湖上随她荡漾

南方小小的乌篷船
载着当年梦中的姑娘驶向了何方
如今的船头没有了往日的歌唱
我的心像湖水冰凉

南方小小的乌篷船
点缀家乡的夜晚
平静柔美的湖面上
谁家的姑娘把歌唱

南方小小的乌篷船
失去了昨天的夜晚
船上唱歌的姑娘
不知她去了何方

憨哥哥的歌

作词：樊孝斌　　作曲：朱德荣　　演唱：谢军

告别了家乡多少时光
为了我的梦走他乡
哪怕外面灯火辉煌
天天想的是妹妹脸庞

长长的夜里总在盼望
努力挣钱早回故乡
娶回那妹妹在我的身旁
一声憨哥哥　喊到天亮

我是那憨憨憨憨的憨哥哥
总想摘下满天的云霞
回到青青山坡的故乡
陪着妹妹一起度时光

我是那憨憨憨憨的憨哥哥
今夜无人合唱一支歌谣
再苦再累我也很快活
因为有我妹妹在我心上

在那个炎热潮湿的南方城市，没人知道我是在怎样的环境中锲而不舍，坚持下来的。

从那以后我再也没有买过别人的歌来唱，无论是多么有名的词曲作者。我没有想到若干年后，会有这么多著名歌星找我约歌，也没想到一些著名旅游城市及企业会找我写歌，我的人生开始逆转。

创作使我的音乐变得更加有思想，有个性。以前我只是一味迎合流行，现在则不会跟着流行走而是努力用自己的风格创造流行，让大街小巷来传唱我的作品。

刚开始我的想法很简单，觉得自己会写歌真好，可以省去许多买歌的费用了。我把没花完的钱都还给了妈妈，心里舒了一口气。在歌曲录制过程中，我又学会了如何做制作人，如何监棚，怎样编写和声，如何参与伴唱等等。包括制作以外的出版发行、印刷包装等我都了解得清清楚楚。对每个制作环节的了解也为我节省了许多费用。

1995年春节，我在广州新时代影音公司录音棚录制完《憨哥哥的歌》和《乌篷船》后，广州太平洋影音公司和广东省唱片有限公司分别出版发行了盒带及CD。不到半年，大江南北，妇孺皆知，到处传唱，一时风靡全国。

皇天不负有心人，我终于做出了一点成绩，给了家人、朋友、同学们一个交代，我没有虚度时光。

在那个炎热潮湿的南方城市，没人知道我是在怎样的环境中锲而不舍，坚持下来的。我曾在上下九路荔湾广场工地上，住在简陋得不能再简陋的工棚里。为了安全，工地上的工人每天出入都是带着安全帽。而我因为是临时住在工地亲戚那儿，没有安全帽。多少次我没有做任何安全措施地进进出出，现在想想都后怕。

那时工地上一起的还有我堂弟的同事们，他们大都是大学毕业后到广州的建筑公司做管理者和技术工程师的年轻人。我们天天在工地上同吃同睡，一起逛上下九路步行街，打发着我们简单快乐的青春时光。感谢他们陪伴我度过了那段艰难岁月。

我的歌曲走红后，满大街都是各式各样的卡带及CD唱片包装版本。我自己买了几百个不同封面包装的唱片，收藏起来留作纪念。我发现精神上的满足远远超过物质上的满足。对我来说，一首歌能得到大家的喜欢、传唱和认可，比赚了许多钱更让人兴奋。

我在广州完成了唱片的制作出版和发行后，有了一点小小的成绩，迈出了音乐生涯的第一步。我告诫自己不要骄傲。按自己规划的发展方向，我想该是去北京发展的时候了。当时，大批广州歌手都离开广州北上首都发展了。

北京是首都，又是全国的政治经济文化中心，吸引着各行各业的精英，有着最大的发展舞台和无限的发展空间。况且她在北方，我到北京后，就离她更近了。很久没有和她联系了，她也不知道我的情况，不知道我出唱片，她还好吗？

北京是一个让我做梦都兴奋的城市。我个人不太喜欢广州。广州经济发达，但人与人之间更多的是金钱关系，感情比较淡薄，而且对我来说，空气太潮湿，语言又不通，不是很适应。北京有大家

风范，有博大的胸怀，更有包容力。这里的人更注重友情，注重个人的才华。只要你努力勤奋，加上朋友的帮助，一定会做出成绩。我在北京还办了两个班，一个歌手班，一个歌词创作班，一边教学带学生，一边发展歌唱事业，日子一天天在梦想和现实中度过。

1997年夏天，一次偶然的机会，我从北京南下，去广东顺德我一个学生家中谈个项目。

途中，我抽空去广州拜访了朱德荣老师，通过他我又认识了广东省唱片有限公司的总经理蔡德暖先生。蔡先生说他非常喜欢我的那首《乌篷船》，他初次听时竟然一连听了八遍。他说找了我一年，没有我的消息，这次终于见到我，一定不能放过这个机会。他当场就跟我谈签约，还把合约文件范本当天就给了我，问我需要什么条件？我一点思想准备都没有，于是他让我先考虑一下，还为我安排住处，并让公司为我投资录制专辑。

和蔡先生来往了几天，我被他的真诚打动了。他非常欣赏我的音乐才华，答应要为我投巨资力推我的原创专辑。我于是把北京的事业搁置了，和他签约，成为广东省唱片有限公司旗下签约歌手。当时公司签了一批歌手，如唱《流浪歌》的陈星、唱《大妹子》的金波、唱《菊花吟》的潘晓峰（也就是后来走红的西域刀郎）以及城市姐妹等。在我签约后，公司跟扑通100合作，又签了唱《是不是我不够温柔》的金学峰、唱《我要去桂林》的韩晓等歌手。

在那段签约的日子里，我定居在广州，日夜冥思苦想，用自己的创作激情，写下了一首又一首歌词简洁、旋律上口的作品，如《乡情》《春花开满山》《阿兰》《看你》《等你》等。

公司还拨款给我，让我自己担任专辑独立制作人及监制。我至今仍很感谢蔡先生当时对我的信任及对我音乐才华的认可。因为公司其他歌手都安排了单独的唱片制作人，其他歌手在选歌及制作中都要听制作人的。我自己是独立制作人，有独立的空间制作自己的音乐，可以自己做主，不受外界干扰，随心所欲做自己喜欢的音乐。

这是命运的安排，因为一首偶然创作的《乌篷船》而改变了我。我在享受自己的创作，享受独立制作的空间。

我同时尝试着和不同的音乐人合作，学习他们的长处，取长补短，丰富自己的音乐风格。

第一次和中唱广州公司的著名音乐人浮克合作，他当时在乐坛成就非凡，音乐风格独树一帜，很有特色，代表作有《快乐老家》《为你》《远空的呼唤》等，陈明的演绎让这位幕后词曲制作人声名大噪，他也开始走到台前录制自己的专辑。我们在他家里通过几个晚上的沟通和修改，《乡情》和《春花开满山》的MIDI编曲最终完成，融合了我们两人的风格。

和著名音乐人毕晓笛（编曲代表作《大花轿》等）的结缘是因我的作品《看你》和《阿兰》的编曲，《看你》他用了MIDI电子琵琶音色，很特别很前卫，圈里的很多资深音乐人都很喜欢。《阿兰》的前奏音乐部分笛子的运用非常巧妙，乐曲悠扬，意境深远，多年以后我仍十分喜欢这段笛子音乐。我的这几首早期的作品，如果大家感兴趣可以上网搜索下载试听一下。

这是命运的安排，因为一首偶然创作的《乌篷船》而改变了我。

乡 情

作词：谢军　　作曲：谢军　　演唱：谢军

离开家乡三年多
因为工作忙没有回去过
家乡的一草一木常在心头飘过
家乡的爹娘还好吗

漂泊在异乡　盼望遇老乡
老乡在一起就爱谈故乡
蓝天上飘动着美丽的云彩
家乡的妹妹在等哥哥回

老乡见老乡　两眼泪汪汪
何时能够回到那爹娘的身旁
老乡见老乡　心儿更惆怅
妹妹你要等哥回莫把哥哥忘

老乡见老乡　心儿空荡荡
不知那家乡是否变模样
老乡见老乡　心儿最奔放
思乡的话儿讲不完

春花开满山

作词：谢军　作曲：谢军　演唱：谢军

从春天开始等
我等到了秋
看着花儿朵朵随风飘落
溪水在匆匆流

从秋天开始等
我等到了春
望着云儿片片随风掠过
心儿也越来越烦忧

春天的花呀开呀开满山
为何不见你在我的身旁
摘一朵野花送给谁
等你的人儿好憔悴

秋天的溪水还在流
为何没能流到你的心里头
让那流水带走我的情
带走心中等你的那份烦忧

看 你

作词：谢军　　作曲：谢军　　演唱：谢军

走过了弯弯的小路
一路上寻觅你的家园
不知道今天的你
可还记得昨天的往事

走过了弯弯的小桥
来到了你的家门口
你诧异的眼睛望着我
热泪呀落了下来

你不相信我会来看你
不会有我的消息
你说别离后我会忘记你
誓言飘逝在风雨里

你不相信我会来看你
可是此刻你已泪眼迷离
站在冷风中你凝望着我
寒冷已从你眼底划过

等　　你

作词：谢军　　作曲：谢军　　演唱：谢军

风伴着我心中的诉说
在远方的相思林中为你唱歌

雨和着我眼中的泪水
在悄悄地将心编织成一片迷惑

季节的年轮载着我多情的脚步
在岁月的河流上等待着你

等没了风　等没了雨
等没了天边的你
等没了昨天和明天
等没了杨柳的情

等没了烟　等没了雨
等没了往日的你
等没了黑夜和白天
等没了对你的缠绵

阿　兰

作词：谢军　　作曲：谢军　　演唱：谢军

南方那个水乡有个妹妹叫阿兰
北方那个哥哥想娶她做新娘
阿兰我的好妹妹
哥哥我今夜能否停留在你心上

南方那个水乡夜晚那么安详
北方那个哥哥每夜都睡不香
只为那故乡兰妹妹不在我身旁
不知那缕清香何时伴我入梦乡

兰兰兰兰好兰兰
哥哥我记得你旧模样
兰兰兰兰好兰兰
哥哥我何时回故乡

兰兰兰兰好兰兰
哥哥我日夜把歌唱
兰兰兰兰好兰兰
哥哥我何时做你的新郎

在广东省唱片有限公司做签约歌手的那些日子快乐而又轻松。公司管吃管住，还有工资拿，歌曲的制作费公司全投。大家经常一起演出，音乐界同行常一起聚会。在这段时间，我的制作观念发生很大的变化，制作水平大有长进。那时的我不善言谈，含羞腼腆，与世无争，与签约的同门兄弟姐妹们亲如手足。

然而好景不长，没过多久，娱乐圈激烈残酷的竞争开始显现，同门师兄弟经常在见面聚会时亲热无比，私下里却斗来斗去。为了制作费的利益，为了专辑比别人早制作完成，早出版发行，早上市，男女歌手竟使出各种招数，什么拍马屁呀美人计之类都用上了，甚至把老板的情人及幕后的一些制作人也牵扯进来。

1997年底的一个夜晚，我在新时代影音公司录音棚跟我的签约公司负责人通了一个长长的电话，推心置腹地谈了一个多小时。我接受不了这种工作环境，决定离开公司，离开广州，退出歌坛。虽然协议没有到期，但我决心已定。尽管老板在电话里继续给我许下承诺，并再三挽留我留在广州，但我还是执意要走。

1998年的元旦，我来到了北京，换一个环境后心情舒畅多了。我慢慢从压抑的心情中解脱了出来。

因为和广州公司的协议还没有到期，我又向公司领导表明了要退出歌坛，我不能违约，因此不能在协议期间内再发展歌唱事业。到北京后，我调整了自己的工作状态，不再以歌手的身份在歌坛出现了，而是回到了老本行——音乐教育，继续办我的培训班，依然与音乐为伴。

时间一晃就到了2004年，那是收获的一年，有几件事情让我非常欣慰。虽然多年没有在台前唱歌，但我一直没有丢掉我热爱的音乐事业。无论在台前还是幕后，我始终没有离开音乐，我的心始终是快乐的。

一份耕耘，一份收获，多年的音乐教学培训让我心态平和下来，我把曾经对音乐的追求和歌唱的梦想全部寄托在我的学生身上，希望他们延续我的音乐生命。

2004年，我制作推出了一张“2004年中国歌坛推新人第一大碟”，我担任整张专辑的制作人、词曲创作、监制等，每一首歌都是我亲自培训的学生演唱的。虽然自己很多年没有出唱片了，但我没有一点遗憾，我希望我的学生能超越我。专辑里的歌曲都是为每一位学员量身定制的，能录制唱片也是他们努力的成果。能在这么小的年龄就出版唱片，他们起点很高，比我那时候的条件好多了。我很喜欢这张专辑里的几首歌，如宋娜的《情窦初开》和《我不快乐》，李晶晶的《爱情地中海》，尚景媛的《给擦肩的缘分》，徐琳的《凌晨2：00》和张志的《碎心石》等。若干年后，我复出歌坛时，还重新编曲翻唱了《给擦肩的缘分》和《碎心石》，但我依旧偏爱过去的音乐编曲版本，更喜欢那时的风格。

碎 心 石

作词：谢军　　作曲：谢军　　演唱：谢军

世上没有为心而碎的石头
却有为石而碎的心
让自己相信你从此已远离
漫漫在渺渺梦境里

你我没有刻骨铭心的恋情
我却有一颗痴痴的心
啊　从此一个人回忆
从此各奔东西
从此不会有好天气

我知道你是风景
你是雨后的彩虹
我忍住所有的忧伤
轻轻地与你分手

啊　碎心石
只为心儿圆
不为心儿碎
不为心也破碎

凌晨2：00

作词：谢军　　作曲：谢军　　演唱：徐琳

望着天上的星星几点
能否经得起这次考验
滚烫的心　温柔的情
我知道今生和你携手并肩

闭上眼睛回忆从前
你的笑容还是那样甜
牵你的手　来我的梦中
让我来实现你所有的心愿

枕着月色入眠
让我看清你的眼
翻看发黄的信笺
你的情在字里行间

枕着月色入眠
让我感受你的脸
星星眨着眼睛
已是凌晨两点

给擦肩的缘分

作词：谢军　　作曲：谢军　　演唱：谢军

你总是在激情过后头脑发热
然后是一阵寂寞狂热在等着你
于是你就找了一些朋友聊聊天陪伴你
填补你心中的空虚

你喜欢寻找浪漫的理由
喜欢去外面的世界走走
发生一段新的情感也无所谓
没有人能真正地走入你的心扉

怎么能够让浪漫不再像从前那样的空虚
怎么能够守住从前那些甜美的往昔
今天远方的容颜是否变了样
我也时常回忆那一段擦肩而过的缘分

她来自我的梦中，
却真实地出现在我眼前。

爱情地中海

作词：谢军　　作曲：谢军　　演唱：李晶晶

独白：我时常梦想自己有一天
会经历一段浪漫的爱情
我相信这一天已经不远了

为什么爱上你
为什么离不开你
我打开爱情的盒子
把你放进去

自从我认识了你
世界那么美丽
我推开爱情的窗户
深深地呼吸

阳光灿烂　风和日丽
我掩饰不住内心的欢喜

徘徊在地中海旁
心情也变得浪漫
反反复复　一遍一遍
思念也浮想联翩

这个炎热的夏天
方向迷失我的眼睛
温暖多情的冬季
爱情在下雨

（陈浩　摄）

情窦初开

作词：谢军　　作曲：谢军　　演唱：宋娜

你傻傻的表情　看起来有点可爱
你忧郁的眼神　孤独得有些痴呆
我握住你的手　给你关怀
传递你幸福　把烦恼抛开

你知道不知道　我在等待
等待着玫瑰花开　你要写信来
你不要犹豫　你不要徘徊
我等你等你等你　等你来

我的爱情窦初开
在阳光下我一直很乖
甜美感觉有些青涩
喜欢一个男孩算不算爱

我的爱你别走开
要慢慢来才会明白
为何总是情非得已
错一拍

我不快乐

作词：谢军　　作曲：谢军　　演唱：宋娜

自从你走了以后　我的心有些失落
留下了伤感给我和无数的寂寞
眼看着秋天树叶飘落　无数个情人约我
而我不快乐　你又不清楚

说好了秋天回来看我
带给我你的喜悦快乐和收获
怎么可以将一切忘脑后
留下我孤独　日渐消瘦

我知道你在犹豫　你不快乐
我可以为爱守候　为爱停留

能不能给我你的温柔　给我你的感受
敞开你的心扉　为爱自由
愿不愿和我一起跳舞　和我一起漫步
散发你的青春　如风自由

我快乐可爱的BABY
你的爱将我灌醉
我飘在云里雾里　不能后退

这么久没有见面，如今我该怎样去面对她呢？

我喜欢教学，它让我有一种成就感。天天跟年轻人在一起，和他们打交道，我的心态也变得年轻。我前前后后带了很多歌手，其中有几位歌手在歌坛走红后，向影视剧方面发展，在一些剧中任重要角色，如饶天亮、戴菲菲、王黎男等，他们在影视歌等领域都做出了一些成绩，很优秀。

我退出歌坛的另一收获就是成立了自己的唱片公司“中唱星天地”。公司除了签约歌手外还从事文化经纪工作，承接演出业务，举办各种大中小型演出活动，和内地许多知名歌手都有过合作，后来又和港台艺人合作，成功举办过周杰伦、刘若英、古天乐等艺人的演唱会。

2004年秋天，我和重庆演出方签了一场由周杰伦领衔的港台艺人大型演唱会。我自己不做歌手后，俨然成了一个演出商。演唱会的招商、场地租赁、舞美设计、舞台灯光音响的租赁，文化、公安、消防等各种报批手续及演唱会的新闻发布会都是由我来完成。在我身上已找不到一丝昔日做歌手的影子。我除了工作，很少应酬社交，也基本不去歌厅玩耍，平时也很少唱歌，全身心地投入到幕后的工作中。

就在这年秋天，两件喜事同时来到。一是我最小的妹妹在10月2日举办婚礼。二是我们大学同学组织毕业10年聚会，恰好定在10月1号至3号共3天，地点是在母校所在的城市。

我10月1号起了个大早，一颗兴奋的心激动不已，早早出发赶往了北京西客站。得知久久没有联系的她也将来到母校聚会，我急忙打听到她乘坐的车次。我一个人早早赶到安阳，到达后，我没有立即去母校，而是在那个熟悉的车站静静地等待。时间一分一秒流走，我的心也愈发紧张。

这么久没有见面，如今我该怎样去面对她呢？我们会不会沉默尴尬？我的思绪一片凌乱。

爱情，我越来越不懂你，为什么曾经那么相爱的人却走不到一起？我闭上眼深深地呼吸，想理清自己紊乱的思绪。一切都已经过去，一切都是过眼云烟，曾经美好的爱就让它静静地留在心中，只要爱的人过得幸福就好。

等待是一件很苦很累的事情。等，让人喜悦，让人焦急，在渴望中期待，在期待中渴望。等待在那个多情的秋天。等待等待，越等心里越爱。

转眼我离开母校10年了，和她最后一次见面也已经过了5年。她来自我的梦中，却真实地出现在我眼前。当她站在我的面前时，我情不自禁地想揽她入怀，把我藏了这么多年的思念用温暖的怀抱传递给她。

爱太辛苦，爱一个人爱到极致，会孤独。

她还是那样的美丽，有气质。一个人的容颜会随着岁月慢慢衰老，但气质会长存。

我像犯了错的孩子似的，小心翼翼地接过她的行李，一时不知道说什么好，但心里却是甜蜜的。我故作轻松地和她寒暄问候。

从车站出来，我们一起漫步走向母校的方向。在这个城市，我们曾经不知道漫步过多少回，曾经多少次相偎相依。金黄色的阳光透过树叶间的缝隙，点点滴滴洒落在地上，那碎碎金黄也洒落在她的脸上。空气中仿佛还弥漫着当年的味道，曾经的场景依然历历再目。

生活原本这样美好，却为何变成现在这个样子？我们像两个陌生人，那么生疏，不再有温暖的关怀。为何我们这么近，却像两个世界、两颗星球那么远？我们就像两条平行的火车铁轨，一路向前，相伴伸向不知名的远方，但永远不能交会。我的心一阵剧痛。

今非昔比，物是人非。昔日的恋情，就像那秋天的落叶随风飘远。那么多美好的往事又有什么用？曾经那么如胶似漆、难舍难分又有什么用？我沉浸在过去的回忆中黯然神伤，不能自拔。

交谈过程中我得知她结婚了，孩子也已经几岁了。她应该过得很幸福，幸福的她怎能体会到我此时的心伤？我尽量控制自己的情

绪，不想让她知道，不想让她笑话我，更不想扰了她的心情。

晚餐聚会时，同学们兴高采烈，可能只有我一人在强颜欢笑。大家举杯畅饮，挨个儿上台发言、唱歌、表演节目等，我却一句都没有听进去，只是一个人默默地喝着闷酒。她过来和我碰杯，偶尔寒暄几句。我眼里一阵迷惘，过去像一个梦，我一直都在梦中不愿醒来。

唉，我是一个恋旧的人，一怀旧就伤感。在那个毕业10年后相见的夜里，我无限失意，无限惆怅。

酒席过半，我和同学们打了招呼，提前匆匆离开了聚会宴席，我要连夜赶回濮阳的家，因为第二天中午我要参加小妹的婚礼。由于忙碌事业，长期到处漂泊，很少回家，大妹和二妹的婚礼我都没有参加过，一直觉得很内疚。如今爸爸已经不在了，家里就我一个男人，这次我一定得参加。

朋友开车过来接我离开那个热闹的酒宴。途中，她打来了电话，说："希望你明天参加完婚礼能赶过来继续和同学们聚会，我们这么多年没有见面，好不容易大家聚到一起，多聚一下，好吗？"

我在电话里答应她尽量赶过来。接着又收到她发来的短信："希望你能来，我很想再见你，想和你多待会儿。"

短短几句话，湿润了我的眼睛，咸咸的泪水夺眶而出模糊了我的双眼。原来她并没有忘记我，她心里还有我，只是我们都没有勇气表明。这次大概是她在喝了许多酒的情形下，终于鼓足了勇气。

在追求事业的过程中，我不畏艰难险阻，从不后退。可是在爱情面前，我是个失败者，是个逃兵。

车在无边的夜色中行驶，朦胧的夜晚，无边的思念笼罩着我。我此刻真想化作一团火、一束光，飞到她的身旁，陪伴她，照亮她的心房。就像是故事刚开始，就像重新回到初恋时，回到爱情的最初。

美好的往事虽然让人伤感，但更多的是幸福的回味。那都是我们真心真情的投入。那是爱的滋味，酸过，甜过，苦过，辣过，咸过。

第二天中午的婚礼酒宴上，我放开了喝，由于不胜酒力，不知不觉就有些醉了，吐了很多。她的电话又打来，说聚会地方换了，在林州，大家等着我过去。

于是我离开婚宴现场后，匆匆赶往林州。我没有去过林州，林州是什么样子？只记得林州的水冶镇，那是我们爱情开始的地方。路途中经过了水冶镇，我在夜色中寻找当年乡土的气息，寻觅那亲切的山水，呼吸那熟悉的空气。

我来了，林州。我一路催促朋友开快点，盼望早一点见到她，一颗心早已飞到。

晚上9点到了入住宾馆的停车场，几个要好的男同学带我去吃晚饭。由于中午酒醉吐空了胃，我没有一点食欲，浑身乏力，只想早点见到她。于是随便吃了几口便匆匆回到房间。刚进房间没几分钟，正想和她联系，她却过来敲门。她说："这么多年没见了，我们去外面散步走走。"

我们并肩漫步，脚步都放得很慢。

夜色漆黑寂静，静得让人窒息。我不敢看她一眼，没有开口说一句话，就这么走着。

在爱情面前，她永远比我勇敢。她率先打破了沉默，问我当年为何和她分手，为何那样狠心不要她？

我长嘘了一口气。是啊，当年那样对她太不公平，在她深深爱

着我的时候，我却跟爱情捉迷藏，玩失踪。虽没有用言语提出分手，但行动上的分手深深地伤害了脆弱的她。她美好的爱情梦被我撕碎了。我曾在无数个夜晚深深自责，自己骂自己，我恨自己当初不该逃避责任。在爱情面前我逃掉了，但却逃不掉心灵深处良心的谴责！

我们曾相识，相爱，相知。上帝将我们相互赐给对方，彼此走进对方内心深处，为对方的魅力所吸引。我们曾是多么令人羡慕的一对情侣，但这样美好的爱情竟然夭折在我自己的手里。如今已经没有办法去挽救了。

人生有太多无奈和不如意。因为她，我曾度过许多个不眠的夜晚。我时常活在虚幻的世界里，自己欺骗自己，幻想着有一天我们还会在一起。如今，一切回到现实。

我为她揭晓答案。

我们一起回忆那次我们的结伴出游，在我的故乡，在那个早春的夜晚。我告诉她，在那个美丽夜晚过后，也许是因为心理反应，也许是因为初次恋爱，在有些方面我没有经验懂得太少因此不知所措，也许因为我还是学生……事后我心中恐慌，充满恐惧感，怕学校开除我们，怕同学们笑话，怕家里知道，这种恐惧感一天一天与日俱增。恐惧的阴影时常笼罩在我的心头。于是，我不上课时玩失踪，逃避现实，逃避爱情。毕业时我也曾想过与她和好，去她的家乡和她一起工作、生活，但由于男人的自尊心和虚荣心作怪，我始终没有勇气开口，也没有脸面接受她的好意。

毕业后多年我一直在外漂泊，事业上没有什么成就，就更没有什么颜面去面对她，和她再续前缘了。我这一张过期的旧船票永远也不可能登上她的客船了。

她听完后，倚在我的肩头，伤心地哭泣着。泪水湿了我的衣服，也湿了我的心。多年前分手的秘密，我一直埋藏在心底，没有向任何人诉说。就像一颗沉重的石头压在心头多年，说出来一下子心里轻松释然了。

我爱的人呀，我对不起你！这么多年了，我无数次谴责自己。我忘不了过去，忘不了我们的爱情，忘不了曾经的你，我一直深深地爱着你！

她告诉我，分手后的那些日子，她几乎绝望，自责又自卑，觉得没脸见人。她以为我嫌弃她长得不漂亮，以为我嫌弃她来自农村。那几年她没有心思学习，毕业考试也没有考好。她不知道分手的原因，只能把自己往不好的方面想，在痛苦和自卑的阴影中度过。因为我的自私让她受了那么多的苦，忍受那样的煎熬，我无比内疚。

在那个夜晚，那个令人难忘的林州夜晚，我们都难以入睡，为往事感叹和惋惜。我辜负了上帝的恩赐，只求她今生不再受苦，和她的家人幸福快乐地生活。把所有的痛苦和不快乐都留给我吧，往事随风，我会好好地珍藏这份情感和记忆在心底，让那纯洁美好的爱情，永不泛黄！

3号上午，大家一起参观游玩举世闻名的红旗渠。我们提前和同学告别，我要回濮阳家里陪母亲几天，她要回信阳。

我送她去火车站，我们在安阳车站道别。这一别，不知何时才能再相见？心爱的人啊，我不在你的身边，你要保重自己！今生今世我永远爱你！我们相拥抱头痛哭，尽情地宣泄，泪水止不住地往下流。

远去的列车带走了她，带走了心中所有的美好，带走了我的心，带走了我们在这座城市里的爱情。我的心空荡荡的，感到无比的失落。

接下来的几天，我都像是掉了魂似的，茶饭不思。原来我们对爱情都这样渴望，原来我们都没有舍弃爱。我们都深深地爱着对方，只是造化弄人，好端端地葬送了这份好姻缘。

接下来的日子就让那无尽的相思陪伴我吧，我要重新开始新的生活，我要重返久违的歌坛，我要为她写歌，把我们的爱情谱写出来，我要让我的歌声飘向大江南北，在街头巷尾传唱。我要让那美丽的爱情故事、动人的音符和美好的歌声一起洒向人间。

2004年10月7日上午，我带着妈妈从濮阳坐长途大巴回北京。出来一个星期了，该回去工作了。一路上我思绪万千，脑海里全是她的影子。这份感情我如何能舍弃？丢不下，又不能拥有，我不能破坏她的家庭。

想到自己还在四处漂泊，四处奔波，事业也没达到自己的期望，身边也没有一个知心人，我的鼻子一阵酸楚。往事像电影一样回放，那故事中的我们今生是不可能在一起了，我们只能在歌曲中，在音乐里永远不分离。

灵感在长途车上突然造访，我赶忙拿起纸笔把这瞬间的火花记录下来，词曲同时谱出，一气呵成。

因为故乡早春的那一夜，因为初恋时我们不懂爱情，我们在人生的舞台上擦肩而过。

那一夜，曾让我们欣喜若狂，也曾让我们无限悲伤。愿天下有情人别像我们这样，祝福所有相爱的人能一生相携相守，相拥幸福时光。

我们从同学变成恋人，并非偶然，也不是初次的缘分，感谢同学组织的这次毕业10年聚会，感谢上天对我们的厚爱，让我们重逢再见面。

原以为对方不再爱自己了，原以为自己已被爱情长久地遗忘了。谁知道随着光阴韶华的流走，那积压在心中与日俱增的爱，更深更浓了。

我们都快到中年了，不是从前的姑娘小伙了。我该如何接受现在的状况？如何接受她的改变？我该怎样走进她的心田？我该怎样走进她的梦呢？

留不住的斜阳，挥不去的记忆。我轻轻闭上眼睛，默念着她的名字，让思念飞到天边。

真想穿越时空隧道，让时光倒流，回到我们的初恋，飞到我们相爱的地方，那里有我们美好的回忆，那里有爱情花的芬芳。

回到初恋

作词：谢军　　作曲：谢军　　演唱：谢军

你现在把我忘记
还是把我想起
我感觉你的心跳
你的呼吸

别站在那里发呆
别再为过去犹豫
我知道你在我心里
早已挥不去

我在哪里寻找你的消息
爱我就给我一些心电感应
别让这份爱错过一个世纪
带我去飞　飞到我们初恋的地方
那里有爱情花的芬芳

那　一　夜

作词：谢军　　作曲：谢军　　演唱：谢军

这不是偶然
也不是初缘
这是上天对重逢的安排

不相信眼泪
不相信改变
可是坚信彼此的情牵

我应该如何回到你的心田
我应该怎样才能走进你的梦.

我想呀想盼呀盼　盼望回到我们的初恋
我望呀望看呀看　再次重逢你的笑脸

那一夜　你没有拒绝我
那一夜　我伤害了你
那一夜　你满脸泪水
那一夜　你为我喝醉

那一夜　我与你分手
那一夜　我伤害了你
那一夜　我举起酒杯
那一夜　我心儿已碎

美好的爱情

作词：谢军　　作曲：谢军　　演唱：谢军

风吹啊吹　吹过我的脸
我又回到和你美好的从前

雨飘啊飘　飘湿我的眼
我又看到你那可爱的容颜

我爱你　你能否听得见
我的心依然牵挂你

你的笑还是那样甜蜜
你对我还是那样亲密

窗外山花开得烂漫
年华光阴分秒流走
我们都不年轻
我们仍旧相爱
我们刻骨铭心
我们一起感受这美好的爱情

回到北京后，我依然沉浸在往事里，一个人时常坐在窗前静静发呆。一杯清茶、一盏小灯、一支笔、一张纸、一些灵感，孤独地打发着那些闲散的时光。

这忘不掉的爱，就是人们常说的刻骨铭心吗？

我在电话里把写好的歌曲唱给她听，告诉她这是为她而写的。她为此有些心动，又可能正巧她家里遇到一点小矛盾，她说想离婚。我惊讶并反省自己这样做到底对不对。

我不想毁了她幸福的家庭，我已经伤害过她一次，我不能再错了，不能把自己的幸福建立在别人的痛苦之上。我不敢和她再多联系，慢慢地疏远了她。我默默地把那一份情埋藏在心底，只是在逢年过节时发个短信问候一下她。

接下来，我把满腔的热情投入到工作中，继续带我的学生在各地搞演唱会，同时也抽空把这几首为她写的歌录制了出来。我亲自参加编曲，定音乐结构和曲风，力求自然朴素，真实表现我们那个年代的爱情故事。

当时全国正流行刀郎的《2002年的第一场雪》和《冲动的惩罚》。以我多年对市场的观察分析，我对《那一夜》充满信心，我的直觉告诉我这首歌一定会走红。该是我出手的时候了。很久没有在舞台上唱歌了，该是复出歌坛的时候了。

我一边忙碌地工作，一边辛勤地创作，整理作品，筹备复出歌坛的首张专辑。我化相思为力量，抓住每个灵感，创作了几首令自己满意的歌，希望能引起大家的共鸣，与大家一起分享我的音乐。

华灯初上的北京街头，我独自漫步。人群熙熙攘攘，却没有和她相像的模样。不知此时远方的她在做什么？我时常朝她所在的远方眺望。这满腹的相思，今夜更与何人说？

夜，凄凄凉凉，最让人思念，最让人挂肚牵肠。

夜，最相思，催人断肠。

相思没有日期，没有年限，没有结果。

想她，就这样一天又一天，一年又一年。

相　思

作词：谢军　　作曲：谢军　　演唱：谢军

华灯初上的夜晚
我走在天桥上
想起过去你的模样
如今你在何方
是否还是温柔的模样
是否有了依靠的肩膀
我满腹相思的惆怅
随梦飞到你的身旁

依稀你就在眼前
我看着你的脸
你那可爱温馨的容颜
一点都没改变
好像还在记忆中流连
好像期待幸福的明天
我看见你思念的双眼
牵挂这段相思的缘

多年前心中的创伤
我该向谁去讲
你现在过得怎样
找你应该向哪方

快点回到我身旁
这份情感不再流浪
莫让相思催人断肠
莫让我心儿凄凉

相思实在太痛苦、太折磨人了。在现实中忘了她吧，一切都随风过去了，过去的就让它过去吧。

她不是我的月亮，我不是她的云，我们是银河中彼此遥望的星星。只要她是幸福的，我就心安了。牵挂一个人的滋味真的不好受，不想让她惦念我，不想让她承受痛苦的相思。

你不是我的月亮，我不是你的云

作词：谢军　　作曲：谢军　　演唱：谢军

忘了吧　一切都随风
算了吧　一切都让它走远
别再沉睡　别再回味
我在心碎　为你沉醉

孤独地漫步在都市的丛林中
我无法抛弃你心中的感受

你不是我的月亮　我不是你的云
在这遥遥天际里　我们遥不可及

你不是我的月亮　我不是你的云
我们是银河中彼此守望的星星

看着你伤心落泪
我为你痛彻心扉
请不要再为我哭
不要偏离爱情的轨迹

两个相爱的人不能在一起，是一种什么滋味？心底里常常思念，却不能向人倾诉。多少次，我想拨通她电话，想听听她的声音，却又不敢，怕打扰她的宁静。

十年一聚首，十年磨一剑。十年的相思，十年的事业之旅。这

一生还能有几个十年？我无数次地期盼，期盼下一个十年，期盼下一次聚首，期盼早一点见到她。

如果有来生，我们还会再相见吗？

牵手续缘

作词：谢军　　作曲：谢军　　演唱：谢军

我知道这一次你已经离我远走
你的影子在我心底挥不走
你是否记得原来的我
总是莫名其妙伤你的心

这一切仿佛已经很遥远
你的笑容记在心间
千万次不停地念你的名字
远方的你是否能听见

我知道你的模样我已忘不了
是否能牵你的手和你续前缘
我一定学会好好去爱你
让你不后悔

我知道我的样子你已记不清
能不能回到从前和你肩并肩
我一定学会好好去珍惜
让你不流泪

2004年底，我带着新专辑的母版飞到广州。广州是我音乐的福地，我希望自己复出歌坛的首张专辑在这里出版发行。我见到了当年广东省唱片公司的老总。他变化真大，几年没见，他的精神状态非常不好，因为一个案子，他在狱中待了几年，已不是从前那个光彩照人的老板了。过去他是多么的风光，如今他连吃饭买单都囊中羞涩。我感慨岁月的变化，看他的经济实在拮据，便塞给他一些钱。他曾对不起我，当年他曾答应出版发行我的专辑并力推的，最后却没有兑现。我安慰他，说我现在挺好的。他哭着说，这个社会太现实，人情淡薄，他当年帮过的歌手，在他最困难的时候，没有一个回来看他帮他。

经他的介绍，我认识了“孔雀廊”发行公司的陈仁泰先生。我当时谈了很多家出版发行单位，但和他的音乐理念最接近。陈先生对音乐非常敏

锐，对市场定位非常准确，他当时刚推出凤凰传奇的首张专辑《月亮之上》。虽然那时这首歌还没有走红，但我非常看好。我很喜欢这个组合的音乐风格，喜欢何沐阳的作曲和编配，喜欢玲花那高亢明亮、有穿透力的嗓音。

2005年1月3日，我和“孔雀廊”签订出版发行合作协议。陈仁泰先生喜欢《相思》，要把这首歌做主打放在唱片第一位。我喜欢《牵手续缘》，但我的直觉告诉我，《那一夜》会走红，我强烈要求把《那一夜》放在专辑第一位，于是，《那一夜》既是专辑名称，也是专辑主打歌曲。

我把整张专辑的歌曲按先后顺序排出，签在协议里，并要求未经我同意，不得擅自更改专辑歌曲的出版顺序。

“那一夜”专辑曲目顺序：

1 那一夜
2 你不是我的月亮，我不是你的云
3 牵手续缘
4 相思
5 回到初恋
6 美好的爱情
7 等你
8 乌篷船
9 憨哥哥的歌
10 那一夜DJ版
11 那一夜伴奏版
12 你不是我的月亮，我不是你的云伴奏版
13 牵手续缘伴奏版

2005年春节后，我在重庆举办港台及大陆歌手演唱会活动。重庆的街头巷尾到处播放着我演唱的《那一夜》，无论饭店、机场，还是餐厅、音像店。我不敢相信自己的耳朵，没想到我的歌一上市就传播得这么快。很多朋友，包括我的家人，都打电话告诉我各大网站到处都有我的歌。

我住在高新区的南方君临酒店，那时我还不会上网，便让酒店服务人员帮我上网，在百度上一搜，果真是。我终于相信事实。十年磨一剑，《那一夜》在我一不小心，毫无准备的情况下走红了。

感谢亲爱的她！感谢上天的恩赐！

《那一夜》引起了广大听众的反响与共鸣，勾起无数人对爱情的向往和对美好初恋的回忆。

我在忙里偷闲时也经常上网关注自己的歌，关注“那一夜贴吧”和“谢军贴吧”。看到有些歌迷的留言，我也很受感动。

有一位网友留言：

在这个为生活忙碌的世界里，每一天都是同样的奔波。在家和单位两点一线之间来回，不知不觉已人到中年。岁月的艰辛压得人抬不起头，早已没有年轻时的真挚、热情和冲动。一天，在公交车上，车窗外飘来谢军《那一夜》质朴的歌声，一种久违的感觉。那曾经爱的追求，为爱痴狂，如今却为了谋生，都变成了远古的奢望。这首歌点燃了心中爱的信念，一颗早已平静的心有一丝的滚烫。其实爱并不遥远，就仿佛在昨天。

网上这样的留言非常多，没有华丽的词藻，却是大家听了我的歌后最真实的想法。

网络上也曾掀起了骂战。一首简简单单感怀初恋的爱情歌曲，掀起了一阵舆论狂潮。一些人把《那一夜》和“一夜情”挂钩，亵渎了爱情，也玷污了这首歌。

一位德高望重的大词作家，在一次作品研讨会上，大肆批评《那一夜》。他说自己活了70多岁，《那一夜》是他听过的歌曲中最黄的。我不认同他对歌曲的理解，也庆幸自己活在这个自由的时代。

我开始质疑这位大词作家懂爱情吗？《那一夜》不就是唱了一句“那一夜，你没有拒绝我，那一夜，我伤害了你”，老先生不去了解整首歌的歌词意思，干吗断章取义下结论呢？

那英唱“你伤害了我还一笑而过”，张振宇唱“不要再来伤害我”，还有很多歌手唱类似“伤害”的歌，他们没事，就我有事，就我“黄”？

文艺界一向是“百花齐放，百家争鸣”，求同存异，我不想反击他，但我差一点为这事打官司起诉他。我只想告诉他，那是精神的伤害，不是肉体的伤害！

我在TOM、新浪、搜狐等许多网站做节目访谈时，多次郑重声明这首歌是一首怀念初恋的歌，不是一夜情。

同事、朋友们都纷纷安慰我，鼓励我。一个人或者一首歌有争议，未尝不是件好事，说明有人关注你，在意你。一千个人心中就有一千个哈姆雷特。走自己的路，让别人说去吧。

张艺谋花巨资拍摄大片电影，以他的知名度照样遭到来自四面八方的潮水般的攻击和谩骂。更何况我呢？

我也时常安慰自己，做一个公众人物实在不易。告诫自己一定要洁身自好，不要破坏了自己的形象。

我从批判的阴影中逐渐走了出来。这算得了什么？我只是担心她在网上看到，怕给她带来伤害。

一天，她从信阳打来电话，说我在电话里曾经唱给她的那首原创歌曲《那一夜》，现在她们那里满大街都在放，她正在一家音像店里，那家店里面有我的《那一夜》专辑歌碟，她特别兴奋，要买一张回去听。我笑着告诉她这首歌早火了，全国各地都在流行。我逗她埋怨她只知道忙工作，不关心音乐，学的音乐知识早丢到爪哇国，抛到九霄云外去了。我让她别买，我给她寄过去，但她执意要买，坚持要买一张留作纪念，支持我的歌唱事业。她要分享我的喜悦。

此后，她又与我联系，要我多寄些专辑唱片和签名照片，她的同事们也非常喜欢我的歌，她要送给他们。她以我为荣，让我感到很是骄傲和欣慰。

2005年的夏天，《那一夜》从南到北到处流行，可我无暇顾及自己的演艺事业，依旧在幕后培训学员，忙着筹备举办各种港台及内地演唱会。

这年夏天，北京一些电信运营商及一些SP公司陆续找到我们公司，洽谈彩铃（手机铃声下载）等无线增值业务。这个跟音乐有关的新兴业务我之前没有接触过，一点都不懂，无从下手。我咨询“海蝶音乐”的老板毕晓世，他也不太清楚，说一首歌可能就几千元版权使用费。我一算，一张专辑十几首歌曲，也就几万元钱，就没当回事，这个项目便搁置下了。

秋天，是收获的季节。在音乐的土壤里，我辛勤地默默耕耘，也不知不觉获得了大丰收。TOM（雷霆万钧）、新浪、搜狐、网易、腾讯、空中网、龙腾阳光、迪信通、滚石移动、掌上灵通、百度、酷我等SP公司纷纷找上门来，都抢着要《那一夜》这首歌的无线增值手机铃声使用权。

其中有一家公司开价7位数，要独家买断。7位数是个悬念，没有说具体是多少，100万是7位数，999万也是7位数。这么多公司对这首在网络上颇具争议的《那一夜》感兴趣，而且不用我到处演出，一次性就支付给我这么多钱，对我来说，简直是天上掉馅饼。

我意识到这个新兴产业的重要性，也意识到这首歌的价值。

我跟公司股东开会商量后，决定赌一把，不独家卖断给任何一家公司，而是采用保底加分红非独家卖断的方式。结果第一个月光保底收入我们就拿到近200万元，之后每个月都差不多有100多万元回款。这是我做梦都没有想到的。

感谢这个新兴产业！感谢大众开始尊重版权！

感谢我们曾经相爱！感谢彼此真情的投入！感谢人生有她！

2006年1月16日，我做客TOM网访谈，第一次通过直播出现在网络视频中，正式宣布复出歌坛。

3月份，是我复出歌坛的第一场演出，我和蒋大为、成奎安、李国盛、黑龙等演员应邀参加临沂蒙阴的桃花节，中央电视台录制并播出了这场演出。

因为离开舞台很久了，我上场前有些不适应，感到有些紧张心慌。当主持人报完我的姓名和歌曲名时，前奏音乐一响起，我在后台候场还没有走上舞台，广场上的几万名观众已经沸腾了。他们期待着我，欢迎着我，喜欢着我，我第一次感受到了做明星的自豪。台下观众的热情让我暂时忘记了一切。我成功完成了自己复出后的首场演出。

接下来的演出日程都排满了，我用了两个月的时间完全调整好了自己的状态，上台再也不紧张心慌了。之后我到处参加各种演出活动，到剧场、体育馆，甚至酒吧，还频繁地在各个卫视台搞个人专场歌友会，平均一年有上百场演出。

感谢我的经纪人徐焱女士！她用她的智慧和汗水成就了我的音乐事业，让我的音乐梦想成为了现实，她的营销策略让我在无线增值业务领域所向披靡，保持了当时版权收入最高的纪录，超过了许多港台天王天后的成绩。

著名经纪人　徐焱

那个时候，只要一打开电视，几乎每个台都会播出《那一夜》的手机铃声下载广告。之后，聪明的徐焱女士又成功运作了《又一夜》《做你的爱人》《心在跳情在烧》等歌曲的广告宣传及营销。

这世间的一切皆是缘。人生路上遇到的每一件事，都要去面对；人生路上遇到的每一个人，都要去珍惜。

1995年夏天，在广州太平洋影音公司楼下，我遇到一位年轻人，他酷爱音乐，喜欢歌词创作。他告诉我，他从江西赣州家乡只身来到这里，一连等了好多天，就是想见当时“太平洋”的总经理陈小奇先生，想向陈先生推荐自己的词，圆自己的创作梦。我当时也在寻梦，非常理解他的心情。陈小奇倒是没有见到，我们却成了好朋友。

我看了他的作品，觉得有几首还不错。于是，我们合作了一首歌词的创作，我们都没有想到合作的这首歌曲在13年后全国走红，家喻户晓，并在彩铃下载量上再创佳绩，这就是那首带有浓郁民族风情的歌曲《心在跳情在烧》。

心在跳　情在烧

作词：郭灿　谢军　　作曲：谢军　　演唱：谢军

有时迷迷地看着你的眼睛
有时静静地听着你的声音
有时痴痴地望着你的背影
有时默默分享着你的伤心

感觉你就像云飘浮不定
对你的爱写意在魂牵梦萦
不知你是否读懂我　是否感应

心在跳　情在烧
我真的不愿去寻找
心在跳　情在烧
何时给我温柔的怀抱

心在跳　情在烧
你就在不远微微地笑
心在跳　情在烧
我会爱你直到天亦老

这位年轻人叫郭延平，笔名郭灿。如今，我们一晃10年没有见面了，歌曲走红后，他还专程来到北京看我，和我小聚了一番。

我时常想念这位远方的朋友，也时常感慨人生，谁曾想一次偶然的相见，竟然成就了一首脍炙人口的歌曲。

做艺人很风光，也很辛苦，这份辛苦是常人体会不到的。人们只看到明星们台前的光彩夺目，殊不知台下个个付出了无数辛勤的汗水，甚至血泪。

我一直认为做艺人就是赌博，赌赢了就是明星。全国多少艺术院校，多少艺术人才，都想出人头地，都想出类拔萃。但又有多少才子佳人一生努力拼搏，却都没有成功。天时地利人和很重要。

我庆幸自己一直坚持，没有放弃。十年磨一剑，这十年我是怎么熬过来的，往事不堪回首。十年前的《憨哥哥的歌》《乌篷船》，十年后的《那一夜》《心在跳情在烧》。我等了十年，终于熬出来了。一个人有多少个青春十年可以奋斗。

那年冬天，我和经纪人徐焱去长春参加吉林卫视台的“音乐100度”谢军歌友会。到达长春入住酒店时已是午夜了，大家饥肠辘辘，便放下行李去了一家烤肉店吃夜宵。

那是严冬时节，人们已经进入了梦乡。我们忙于演艺事业，经常在路途中奔波，没有正常的作息规律。干我们这一行，经常熬夜创作或者录音制作到天亮，生物钟都被打乱了。

店里弥漫着烧烤的香味，我们吃着烤肉，喝着啤酒，听着店里放的歌曲，惬意享受着午夜美好时光。突然，店里放起了《那一夜》，更有趣的是为我们服务的服务员，站在我们面前，一边服务一边跟着音乐轻唱，经纪人望着我笑了，她说：“他一辈子也想不到《那一夜》的你曾经在他的眼前。”

因为演出，我去过很多地方，走遍了祖国的山山水水，除了台

湾没有去，每个省都去过，而去得最多的地方就是云南。

我和云南有缘。

我第一次去云南是1996年5月下旬，我和吴雁泽、魏金栋、老狼、杨臣刚、柯以敏、陈思思等艺人随中央电视台《激情广场》栏目组赴保山参加“茶马古道丝绸文化艺术节”。

此后，又去了几十次。我去过美丽的春城昆明，参加过沧源佤族摸你黑狂欢节、金平傣族泼水节、云阳国际梯田节、彝良花街节、元谋蔬菜节、云阳澜沧江啤酒节、屏边妃子笑荔枝节、罗平油菜花节、师宗千花节、华坪芒果节、怒江泸水傈僳族阔时节等，还去过西双版纳、普洱、丽江、大理、个旧、文山、麻栗坡、马关、广南坝美等等。

因为经常和一些艺人聚在云南，他们都笑说我是半个云南人了。

有一年的五一期间，我带着老家的一个朋友从北京坐飞机到云南，随中央电视台《乡村大世界》赴临沧市沧源县参加佤族摸你黑狂欢节的演出录制。

这是一次辛苦之旅。

因为出差，头天晚上我们都没有休息好。第二天一大早5点我们起床，收拾行李急急忙忙出发，赶7点多的早班飞机。北京至昆明3个多小时的飞行时间，有点疲倦，抵达昆明已是中午。

在机场简单吃点快餐后，接着转飞临沧，到达临沧已是下午。临沧到我们的目的地沧源县还有一百多千米，没有高速公路，全程山路，崎岖蜿蜒，每分钟都要弯几道弯，云雾缭绕，路途险峻，一路上可以看到很多惊险的翻车事故。

接我们的司机师傅是佤族人，非常热情。我以前知道佤族是因为那首《阿佤人民唱新歌》。他应我的要求，用汉语和佤族语唱了《月亮升起来》，原生态，很好听。我也特别喜欢这首歌。

半路途中，司机师傅安排我们在山路边的农家吃了个晚饭。酒足饭饱后，一路欢歌笑语，我们抵达目的地沧源已是午夜了。

接下来和栏目组的朋友们一起品尝午夜夜宵、美酒佳肴，享受佤族风味。

沧源佤族自治县位于云南省临沧地区西南部，沧源俗称阿佤山区，也称“葫芦王地”。全县总人口17万人，少数民族人口占93.4%，佤族人口占总人口的85.1%，占全国佤族人口的40%以上，是一个以佤族为主体，傣、汉、拉祜、彝等20多种民族杂居的边疆民族自治县，是全国仅有的两个佤族自治县之一。

第二天早晨，演出的广场上坐了几万人，一年一度的狂欢节非常热闹。参加沧源司岗里狂欢节十分难得。“司岗里”是佤族民间流传的古老传说，“司岗”是崖洞的意思，“里”是出来，“司岗里”就是从岩洞里出来，特指的地理位置在沧源县岳宋乡南锡河对面缅属岩城附近名巴格岱的地方。

佤族是一个以黑为美的民族，佤族人认为黑色是勤劳、健康的象征。“摸你黑”就是司岗里狂欢节的重头戏。简短的开幕式后，随着响彻云霄的喊声“摸你黑！摸你黑！摸你黑！”“摸你黑”开始了！浅古铜肤色的佤族小伙子和姑娘们围成圆圈载歌载舞。小伙子们挥动健硕的胳膊，姑娘们甩着黑亮的长发，原生态的舞姿充满了野性。9位“魔巴”用“神药”涂抹在12位“女神”的额头，“女神”又为周围的人“摸黑”。音乐逐渐激越，人们笑着、喊着，游客们纷纷加入，用分来的“摸料”互相涂抹。无论男女、无论老幼，每个人的额头、鼻子、脸和手臂都被糊上了一层黑泥。

“摸你黑”源于佤族民间用锅底灰、牛血、泥土等涂抹在脸上驱邪祈福求平安的习俗。而这个灵感，据说来自于水牛在泥水中打滚让全身裹上泥土来保护自己，防止阳光的辐射和蚊虫的叮咬。

“摸你黑”是佤语的发音，意思是“就这样吧，就这样啦——这就是我们想要的，这就是我们等待的，坚持下去吧，坚持到永远！坚持到永久！”只要你加入到“摸你黑”狂欢活动的队伍中来，就会得到佤乡人神圣的祝福。“摸在姑娘脸上，寄望姑娘越来越漂亮；摸在老人的脸上，祝福老人长寿健康；摸在小孩脸上，希望小孩平安吉祥；摸在朋友脸上，期待友谊地久天长；摸黑满脸，代表开心永久、快乐永久；摸得越多，意味着幸福就越多。”

“摸你黑”的涂料配方据说很神秘，一般是不会让“外人”知道的。一个多次来沧源的摄影发烧友偷偷告诉我：涂料是以佤山米粉为主料，添加当地的神奇泥土和天然植物不死草“娘布洛”。为了得到生命的永恒，阿佤人一直在寻找着这种神奇的不死草。找到一种或是几种药草后，磨成粉，拌成药泥，并在特定的日子里相互把药泥涂抹在对方身上表示祈福，希望被药泥涂抹的人百病不侵，健康长寿。

因为我要赶飞机，栏目组便把我和陈少华的节目调到了最前面。我从遥远的北京辛辛苦苦一路赶来，真不忍心离开，无奈后面的演出日程排得太满。我常说，我们演出，哪里都去过，也哪里都没有去过。时常都是待在机场、宾馆、演出场馆，没有时间享受各地的美景。因此，我梦想着以后提前退休，把我去过的地方再走一遍，再感受一遍。

我登上舞台后，主办方安排了几位美女在我唱歌时往我脸上抹黑，主持人嫌摸得少，故意逗我，又吩咐佤族美女多抹了几道。第一次抹着黑泥在台上唱歌，我却很开心，我已经融入到现场的氛围中了。

临走时，主办方送了我一件佤族服，我至今还收藏着。

回程依旧是辛苦的，曲曲折折的山路，从临沧坐飞机到昆明，再转机到北京，到达北京时已是午夜了。

陪同我一起的这个朋友从没有坐过飞机，他说这一趟坐够了，两天四飞，早起晚睡，十几个小时的山路颠簸，机场四次候机……就为了台上短短十几分钟。他感慨做艺人真不容易，太辛苦了。我说做歌手还好，做影视演员就更辛苦了，通宵赶戏，有时无论多么严寒，为了剧本需要，也得待在冰冷的河水里。人们只看到艺人台前的风光，却不知艺人们为此付出了常人难以想象的艰辛。

像这样的辛苦之旅举不胜举，太多了。

云南人特别淳朴，无论老百姓还是地方领导。在北方，老百姓

是很难接近领导的，更别说和领导在一起吃饭。云南则不同，民族和睦融洽，常常是一个饭桌上很难分出哪是领导哪是群众。

若干年后，在云南驻京办事处的一次晚宴上，我认识了一位云南省的领导，他当场为我清唱了那首《月亮升起来》。得知我钟爱此歌，回到云南后，他竟然将词曲作者李江平的电话号码及工作单位打听到，把信息发到我手机上。这件事到现在都令我十分感动。

我去过云南许多寨子村落，感受了那里的风土人情。热情的云南朋友盛情款待我，让我品尝到了许多没有见过的美食。那里的土壤、山风和芬芳的空气滋养着我。那里的人们载歌载舞，他们的欢歌笑语感染着我。那里的一切都那么清新自然，让我有一种愿常做采风人，不愿归去的感觉。

云南有它独特的美，最自然的美。丽江、大理、滇池、西双版纳、石林、玉龙雪山、瑞丽、腾冲、德宏、玉溪、泸沽湖、迪庆香格里拉、大理古城、梅里雪山、洱海双廊等等，数不完的景点，看不够的地方。云南还流传着阿诗玛、五朵金花等许多美丽动人的故事。

还有有趣的云南十八怪。其中，“云南十七怪，过桥米线人人爱”。在云南，一碗米线从几元钱到几百元不等，但我还是最爱吃几元钱一碗的米线，这种米线最正宗，其他贵的都是改良的，商业性太强。

“过桥米线”的传说也有不同版本。

传说云南蒙自县城有一书生，聪明英俊，但喜欢游玩，不愿下功夫读书。他有一个美丽的妻子和一个年幼的儿子，夫妇之间感情很深。但妻子对书生喜游乐，厌倦读书深感忧虑。一日，妻子对书生道：“你终日游乐，不思上进，不想为妻儿争气吗？”听到妻子这么说，书生深感羞愧，就在南湖筑了书斋，独居苦读。妻子也与书生分忧，每日三餐均送到书斋。不久，书生学业大进，但也日渐瘦弱。妻子看在眼里，很心疼，想给书生进补一下。一天，妻子宰鸡煨汤，切肉片，备好米线，准备给书生送早餐。儿子年幼淘气，将肉片扔到汤中，妻子怒斥了儿子的恶作剧，迅速将肉片捞起，看到已经熟了，便尝了一口，感觉味道很香。妻子很高兴，便马上拿上罐子提上篮子，送往书斋。因操劳过度，妻子晕倒在南湖桥上，书生闻讯赶来，见妻子已醒，汤和米线均完好，汤面为浮油所罩，

（王欢　摄）

无一丝热气，以为汤已凉，便用手掌捂汤罐，发现灼热烫手，书生非常奇怪，便详问妻子制作始末，妻子一一详细告诉了他。听完后，书生说此膳可称作为过桥米线。书生在妻子的精心照料下，考取了举人，这事被当地群众传为佳话，“过桥米线”也成为云南名膳。

在云南，米线是各族人民喜爱的风味小吃，真可谓风靡全省，遍及城乡。“过桥米线”系选用优质大米通过发酵、磨浆、澄滤、蒸粉、挤压等工序而成线状，再放入凉水中浸渍漂洗后即可烹制食用。米线细长、洁白、柔韧，加料烹调，凉热皆宜，均极可口。

有一位云南歌手也叫米线，是我的好妹妹。她来自美丽的西双版纳，目前在北京发展，中国许多机场音像店都有她的发烧碟卖。我特别喜欢她的声音，有一次在拉萨旅游时，一路我都听着她演唱的《天上的西藏》，我也很喜欢她为家乡西双版纳唱的《我爱你勐巴拉娜西》（勐巴拉娜西就是西双版纳的意思）。

云南，我一生留恋的地方。

我酷爱云南，我要为云南写歌，我要用内心的爱，用我的一生拥抱亲爱的云南。

我国共有56个民族，而云南就有52个，其中云南有12个少数民族是其他省没有的。在云南，每个民族都有不同的风俗，最有意思的是竟然连对姑娘小伙儿的称呼也不同。彝族人称姑娘为“阿诗玛”，勤劳的小伙子为“阿黑哥”，好吃懒做的人为“阿白哥”；傣族人称姑娘为“少多利”，小伙子为“冒多利”；丽江东巴人称姑娘为“胖金妹”，小伙子为“胖金哥”；白族人称姑娘为“金花”，小伙子为“阿鹏哥”。

这里到处原生态，到处可以看见载歌载舞的人们。我爱云南的原始和淳朴，爱它的神秘和美丽。

我羡慕少数民族阿哥阿妹纯真的情意，羡慕“少多利”“冒多利”醉人的情怀。我要是少数民族，要是能生活在那里，该多么美好！

云南，有没有我的“少多利”？

阿哥阿妹

作词：谢军　　作曲：谢军　　演唱：谢军

对面山上的阿哥
请你抬起头
青山绿水白云间
萦绕阿妹的笑脸

阿哥嘹亮的歌声
飘荡天地间
点点滴滴洒落
阿妹的心间

绵绵不断的春雨
代表我的情意
今天和你相遇
幸福洋溢着甜蜜

阿妹不求富贵
只要哥哥的心
你我携手前进
十指连心

阿哥爱阿妹
阿妹的心儿醉
田间太阳落
炊烟催你回

头上的喜鹊飞
冬去春又归
青山绿水畔
又添人一对

云南的天空

作词：谢军　　作曲：谢军　　演唱：谢军

抬头遥望云南的天空
亲吻你温柔的脸庞
但愿时间将你我停住
不再让我孤独

我像云彩一样飞翔
飞到你的故乡
我像山野间盛开的小花
芬芳在你的心上

云南的天空
有时晴朗　有时雨露
像我的新娘
有时快乐　有时悲伤

心中的亲
今生今世　最爱是你
用我的一生　还有来生
拥抱着你

因为一首《芒果香》，我和丽江华坪有了深深的缘分。2012年，应芒果之乡华坪朋友的邀请，为朋友的企业再创作一首广告歌。这家企业是以我朋友的名字命名的，他叫陈定华，公司叫定华公司。定华公司在我之前已经请昆明的音乐人创作了一首企业歌曲，但他们不太满意，想请我再写一首。我这次没有去实地采风，因为华坪在我的脑海中太熟悉，那青青的山、绿绿的水，那熟悉的面孔、音容笑貌，都深深地映在我脑海里。

陈定华和我同年，是一位优秀的企业家，为人豪爽低调、睿智沉稳。他的产业很多，涉及煤矿、水泥厂、金融投资等，员工有几千人，是华坪县第一纳税大户。

我希望为定华公司所作的这首歌曲能有新意，不能太陈旧不能喊口号。

定华公司有很多员工是少数民族，有傈僳族、彝族、苗族等，因此音乐要有民族风格特点。此外，要围绕家乡建设来写，人们用

勤劳和智慧在建设自己的家乡，各民族团结友爱，像一个大家庭。兄弟姐妹们人人都是这个家庭的一员，企业每一位员工生活幸福，工作幸福，大家生活在幸福的家园里。

所有的企业都是由员工组成的，企业到一定规模一定要有企业精神。企业也要有人情味，要能给员工温暖的感觉，我也希望这首歌能以情动人，就叫《华坪定华情》吧。

华坪定华情

作词：谢军　　作曲：谢军　　演唱：谢军

太阳悄悄从山头升起
我们因为缘分在一起
乌木河水清又清
勤劳和幸福伴随你

月亮轻轻和星星私语
夜晚的山村显得更加神秘
家乡需要你　定华需要你
我们共同创造甜蜜

华坪家乡　我爱你
辛勤和智慧让家乡更美丽
兄弟姐妹　团结在一起
幸福的汗水　让定华更美丽

如今掐指算来，我已经为云南写了不少歌曲，如《心在跳情在烧》《芒果香》《阿哥阿妹》《山谷里的思念》《云南的天空》《华坪定华情》和《世外桃源》等，但我觉得还远远不够，还要多写，写到我的“少多利”出现。因为工作关系，最近很久没有去云南了。有时很想再去住一段时间，在那里创作出更多的民族风音乐。

复出歌坛的第一张专辑《那一夜》取得了巨大的成功后，也给我带来了很大的压力。我有些担心，担心我的第二张专辑无法超越它。《那一夜》之后我还会有作品走红吗？这个疑问挂在我的心间，也挂在我的团队每个人心间。

我努力研究市场，研究听众的喜好，构思着第二张专辑。我平时很少听歌，想尽量让自己不受市场干扰，我要创造流行，不能追赶流行。既然第一张专辑主题是感怀初恋的怀旧情歌，那么第二张专辑主题我打算定位为新民乐、民族风，把自己擅长的民族五声调式发挥到极致，看看能不能有火花。

我喜欢命题创作，喜欢创作上与众不同。既然《那一夜》成功了，那我就借势写一部爱情三部曲《那一夜》《又一夜》《再一夜》。虽然从来没有人这么去完成一部流行作品，但我已经决定了。

2005年夏天，妈妈在北京住院，我一直陪到手术后第三天，看到她身体渐渐恢复，状态好多了，我才放心离开。

离开医院回到家后，我立刻收拾行李，飞往成都。在医院几天几夜都没怎么休息，一上飞机我就睡着了。飞机到达成都时已是后半夜，城市漆黑一片，还下着大雨，到酒店入住时已是凌晨两点了。我没有睡意，连夜组织人马开会，周杰伦成都演唱会的日子很快临近了，很多事情需要理顺。

在举办这次演唱会活动中，一次偶然的机会，我通过朋友认识了一位学舞蹈的妹妹。妹妹是典型的川妹子，长得非常漂亮，气质

出众，身材高挑，说话软声细语，彬彬有礼。

她喜欢作词，写得还挺好，之后，她一有空便来找我交流。我们常常在一起聊音乐，聊她运作的项目。她在一家文化公司做运营总监。

可能和我不太熟悉的缘故，起初她很害羞矜持，随着见面的次数多了，也就没有拘束感，她开始叫我哥哥，一直到现在。我也很尊重这位乖巧的妹妹。

演唱会的各项工作在紧锣密鼓地进行中，我每天忙忙碌碌。主办单位协办单位开会、赞助招商会、公安协调会、消防报批、新闻发布会、演员档期协调、广告发布……我每样都要插手，很累。

唯有这位妹妹每天的出现，像夏日里的一缕清凉，消除了我的倦意。

如果哪一天她没有来找我，我会突然不自在，像少了什么似的。我没有和她恋爱，却被她牵魂了。奇怪的感觉。

一天夜里，在酒店房间里，我们聊得很尽兴，转眼已是午夜，两人都没有睡意。与日俱增的熟悉，早已消除了之前的生疏距离感。

在这个休闲之都，在这个美好的夏夜，我们打发着青春孤独的时光。

生命真的很神奇！我们邂逅在这个城市，故事在一天天上演，故事中的男女主人公却都没有向对方表露什么，这是不是一种遗憾。

夜里的每一次相聚没有一丝丝缠绵。一到白天，我又投入到紧张忙碌的工作中去了。

我要安排好每一位演员的住宿、餐饮、机场接机，要负责舞台灯光音响的调试，还要协调个别艺人的歌迷见面会，安排演员演唱会的出场顺序，协调好谁第一个上场开门红？谁中间掀高潮？谁压轴？男女歌手如何穿插？

我在工作时非常认真，非常严谨。我希望我办的这场演唱会不要出任何差错。

演唱会的日期终于到来了。

我签的演唱会艺人周杰伦、刘若英、古天乐、郜正宵、张镐哲、金海心等终于一个个抵达成都机场。

成都歌迷的热情恐怕是其他城市比不了的。成千上万的歌迷们纷纷涌到机场，机场秩序一度瘫痪，艺人们下机后不敢出机场，因为根本无法靠近接机的车辆。

我没有想到在我的《那一夜》火了，复出歌坛后，我也过了把这样的瘾。

这一幕我一直铭记在心。这场演唱会让我学到很多东西，受益匪浅。

港台艺人的敬业精神和对歌迷及工作人员的尊重让人敬佩，这

是内地很多艺人做不到的。内地艺人里有很多大牌明星很爱摆谱，大牌和大牌不同台，为谁压轴要面子互相较劲，一副冷冰冰的面孔，不轻易和人合影等。

演唱会结束后，我一直悬着的心终于放下了，我带着满身的疲惫回到酒店房间。主办单位负责人找到我，说想和演员们合影留念。我也为难，演员们都回房间换下了演出服卸完妆休息了。我又不忍心，主办方投资了几百万元，不能连张合影都捞不上。

我赶忙找到各个艺人的经纪人，和他们沟通，希望他们能理解。多方协调后，终于满足了大家的要求，在酒店电梯旁的走廊间，周杰伦、古天乐等明星和主办方及我的团队一一合影留念。

当鲜花、掌声、荣誉及各种规格的应酬到来时，虚荣心会占据人的心灵，让人飘飘然。我总算理智地悬崖勒马，没有让虚荣心占据心灵。我该复出就复出，该退则退。我的音乐我做主，我的人生我做主。

繁华落尽，曲终人散。这次成都演唱会终于画上了一个圆满的句号，我也该启程回北京了。

我坐上飞机，还没起飞，就收到成都妹妹告别的短信。我心里一片茫然，空荡荡的。前前后后在这个城市待了快一个月，和这个城市已经有感情了，竟然有些舍不得。

可爱的休闲之都，也不知道我何时会再来？好妹妹，我们还会再相见吗？这只是我们人生中一次偶然的相逢，她终究会忘记我的。在以后的岁月里，当我想她的时候，她可能早已经把我忘记。

人生中为什么有那么多的相聚？又有那么多的分离？一种离别失落的伤感袭上我的心头。

回到北京后，我就病倒了。医生说我超负荷工作，休息太少，胸膜轻度积水。我调整自己，给自己放了假休息，却每日仍精神恍恍惚惚，心不在焉。

一日，天空昏暗，下着淅淅沥沥的小雨，我漫步雨中街头，脑海里都是成都妹妹的影子，难以挥去。在成都可能因为工作太忙，工作压力大，顾不上儿女情长。回来后竟然陷入单相思，真是作茧自缚。

很想知道她在忙什么，项目做得怎么样？过得好不好？有没有男朋友？

我想打个电话给她，想听听她的声音，又怕会打扰到她？

我坐在工作室合成器键盘前，在回忆中忧伤，在忧伤中思念，突然灵感出现。我要记录下我的思念，写一首歌送给她。我只用了短短十多分钟就将歌曲完成了。

我把曲谱整理好，拨通了她的电话。电话里我一句话都没有说，只是让琴键在指尖跳动，和着琴声我把对她的思念唱给她听，让那发自内心的思念随着伤感的歌声传达给远方的她。

又　一　夜

作词：谢军　　作曲：谢军　　演唱：谢军

天在下雨　你哭了
我在远方　你走了
不知道可有一天
我还能和你相遇

我在轻轻地呼唤你
几度让我魂牵梦萦
紧握着你的双手
我想要握住所有

我和你　热热烈烈
疯疯狂狂　又是一夜
我爱你　我恨你
你已经把我忘记

你的笑　泛起涟漪
真真切切　让我着迷
我爱你　我疼你
可是你早已记不起

2008年5月12日，汶川发生地震，当时我在家乡湖北。灾区的人民太不幸了，老天太残忍了！那天，我整夜坐在电视机前，那些辛酸的画面让我泪流满面。

我也非常牵挂成都妹妹，当时成都通信不方便，我只能偶尔通过短信联系了解她的情况。得知她的父亲在住院，准备手术，赶上地震，一家人非常着急。我让她把卡号发给我，我要打点钱过去，表示我这个哥哥的一点心意。她执意不肯。我做了半天工作，她才勉强答应。

就在那个非常时期，我们每天信息往来，她对我动心了，侧面向我表白，倾诉着对我的思念和牵挂。

她说她有一个小妹妹，需要她的照顾，问我嫌不嫌弃。我很纳闷，推算她的年龄，她的爸爸妈妈不可能给她生个小妹妹。后来才得知，小妹妹其实是她未婚生下的女儿。

我内心恐惧婚姻，一直没有结婚的打算。我不知道她曾经经历了怎样的爱情，我无法面对，怕会给她带来伤害，也不知该如何去面对她和她的孩子，只有选择结束。

2008年5月16日，我一夜未眠，收看有关灾区的新闻报道。17日清晨，我收到重庆朋友发来的信息，让我写一首关于汶川地震的歌，纪念和缅怀那些被地震夺去的无辜的生命。

人世间有多少天灾人祸，让幸福的家庭不再幸福。还有那该死的战争，让多少人妻离子散，家破人亡。

我们都是宇宙的过客，在地球上相遇，天下是一家，我们是一个大家庭，是一家人。我的亲人们，我的兄弟姐妹们，你们的痛苦就是我的痛苦，你们的不幸也是我的不幸！

亲人别哭

作词：谢军　　作曲：谢军　　演唱：谢军

（什么最重要　生命最重要　亲情最重要　感恩最重要）

黑漆漆的漫漫长夜
眼看着你和我们诀别
通往天堂的路啊
为何那么遥远
我不想你离开我的身边

再也看不见你灿烂的笑脸
转眼我们分隔两个世界
为何爱你却触不到你
为何想你却看不见你
为何要让我的亲人
离我而去

踏平这条山冈
我也要找寻你
无论你在哪里
我也要找到你

怎忍心让你离去
怎忍受痛苦的分离

我至亲至爱的人啊
为何这样匆匆离去
老天　你太残忍
大地山川哭泣

我最亲最爱的人啊
我们在营救你
我真想用我的生命
挽回你的离去

我是哭着写完词和曲的，以前从没有这么伤心地写一首歌。家乡县医院的一位护士长听完这首歌后，非常感动，她收藏了我的创作手稿。

19日，是全国哀悼日的第一天。我坐着火车从武汉回北京，当火车鸣笛时，列车上所有人员全体起立默哀。

在灾难面前，各民族团结一心，中华民族有希望！

回到北京，我就开始了这首《亲人别哭》的编曲、录音工作。当月我飞深圳参加了深圳卫视和澳门卫视联合举办的赈灾义演活动，为地震灾区人民筹款，红十字协会还为我颁发了勋章。之后我又赴各地义演演唱这首《亲人别哭》。

当时很多朋友打来电话给我，说写汶川地震的歌很多，但这首歌最好听最感人。

我是在北方生活成长的南方人，饮食习惯多以南方风味为主，很少吃面食，后来逐渐接受了面食和凉拌菜。但我至今乡音难改，虽然我几岁时就随父母离开了家乡。我和父亲都有很深的家乡情结，都有一种叶落归根的想法。

我写过“夜”的系列，《那一夜》和《又一夜》，将来还会写《再一夜》。在《芒果香》之后我有了写“香”的系列的想法。

在生活中，到处可闻到各种各样的香味。

一次我去某个城市演出，早上起来散步，微风吹来，送来缕缕清香，那淡淡的花香扑鼻而来，沁人心脾。随风而来的花香前方，几棵饱经风雨侵蚀岁月摧残的老槐树上挂满了一串串雪白的槐花。

我想起了故乡的槐花树，怀念起儿时的伙伴。那时的我们天真无邪，曾一起调皮地爬树摘槐花，在树下追逐嬉闹。离开故乡后，有一年回故乡探亲，我还专门选在槐花花开的时节。那淡淡的素雅的清香，胜过世间任何昂贵香水的味道。那味道常入我梦中，勾起我童年的许多记忆。

槐花具有良好的观赏价值，每到盛夏花期来临时，一串串洁白的槐花缀满枝头，空气中弥漫着淡淡的清香，沁人心脾。有一首诗常被提起：“槐林五月漾琼花，郁郁芬芳醉万家。春水碧波飘落处，浮香一路到天涯。”

描写槐花的歌曲很多，最著名的数《槐花几时开》。

《槐花几时开》是四川民歌中的经典之作，它实际上是宜宾地区的一首传统山歌，形成年代久远，清光绪年间的《四川山歌》中就载有它的歌词。据说这种歌曲，过去是川南农村大户人家婚葬、祝寿、敬神时，请一批民间歌手来家里演唱的。几经演变，其内容已完全脱离婚葬、祝寿、敬神的束缚，而常以一些幽默的词句、腔调来反映农民的生活和思想感情。《槐花几时开》就是在川南“神歌”的基础上，几经演变而成的四川民歌珍品。这首歌的歌词最初只有短短的四句：高高山上一树槐，手把栏杆望郎来。娘问女儿望啥子，我望槐花几时开。寥寥数语，就把一个坠入爱河、伶俐而羞涩的农家姑娘形象，活脱脱地呈现在我们眼前，其语言纯朴、生动，有浓郁的乡土特色，听起来格外亲切、甜美。老一代川籍歌唱家每到全国各大城市开音乐会时，都会把这首家乡民歌作为“压台”曲目。往往一经开唱，不再唱一两遍是下不了台的，可见这首经典四川民歌的无穷魅力！

有这么经典的《槐花几时开》，民间世代流传。我该怎样写一首好听的关于“槐花”的歌曲呢？就写儿时的记忆吧。儿时的玩伴、故乡的槐花串、那飘香的记忆、挥不去的乡愁，赋予我灵感，让我又回到了童年儿时的故乡，回到那些我们在槐树下奔跑的岁月。那些岁月虽然艰难，却是快乐的，无忧无虑的。

槐 花 香

作词：谢军　　作曲：谢军　　演唱：谢军

又是一年槐花飘香
勾起了童年纯真的向往
儿时的玩伴杳无音信
让人不由得心伤

又是一年槐花飘香
心上的人儿不知在何方
在这个槐花飘香的季节
又想起那个温情的夜

故乡的槐花串
那是我的童年
童年的故事
又浮现在眼前

爱人的槐花串
香飘在心间
心间装满爱
比花还要甜

一首《槐花香》很快出炉。我发现当时很多城市都在举办槐花节，看来喜欢槐花的人不只我一个。《槐花香》这首歌也登上了东营第二届湿地槐花节开幕式的舞台。让我们相约，走进槐林深处，抒发内心的热爱和美好情怀！愿更多的人喜欢槐花！

四川民歌很多，除了《槐花几时开》，我喜欢的还有《康定情歌》《采花》《太阳出来喜洋洋》《黄杨扁担》和《船工号子》等等。《黄杨扁担》起先是四川民歌，重庆升级为直辖市后，被划为重庆民歌。

2006年5月下旬，我应邀随中央电视台《激情广场》栏目组赴云南保山参加茶马古道丝绸文化节。栏目组要求我们除了演唱自己的代表作外，还要翻唱两首老歌。我绞尽脑汁苦苦搜索，终于选出来两首歌《康定情歌》《映山红》。

接到任务的第二天我就要出差，时间紧迫，我赶忙托人找来伴奏音乐，在录音棚里花了15分钟把《康定情歌》《映山红》这两首歌录完，这也是我目前为止进棚录音最快的一次。

很巧，演出中我遇到了魏金栋老师，他是李双江的得意弟子，当时任中国广播电声乐团团长。我非常喜欢他演唱的歌曲，他和梦鸽组合演唱的《龙船调》堪称经典，至今无人超越。他是北方人，满族，我没想到一个北方人能把南方歌曲《兄妹采茶》《挑担茶叶上北京》唱得那么好，尤其是他唱的《船工号子》，格外有气势，情绪驾驭得特别好。

我大学时也是学的民族唱法，毕业时唱的就是《挑担茶叶上北京》。在回北京的飞机上，我们的座位紧挨在一起，我们进行了热烈交谈。魏老师说很喜欢我的那首《映山红》，我小声清唱中学时爱唱的一首湖北长阳民歌《卖篾货》给他听，我觉得很适合他唱，推荐给了他。吴雁泽老师（代表作《再见了，大别山》《一湾湾流水》和《清江放排》等）也和我同台演出，他也表示很喜欢我演唱的《康定情歌》。他们都没想到我会唱民歌，以为我只会唱通俗。

想起那些漂泊的日子，虽然艰难，但不觉得辛苦。为了追求理想受点苦算什么？值！那时我对工作和生活都几乎没有信心了，是心中那团音乐的火、理想之火救了我。我不遗憾，因为我在做我热爱的事，我在追求事业的旅途中，遇到这么多喜欢和关爱我的人，我已经很幸福，很知足了。

人生不怕走弯路，不怕走夜路，就怕在灯红酒绿、霓虹深处迷失了自我。有人一生为了利益削尖脑袋往上爬，有人辞官归隐故里；有人自甘平庸，也有人孜孜以求。每个人有每个人的活法，千万别被别人的价值观“绑架”，不要把别人希望你过的生活当作是你想要的生活。就像生活中常说的一句话，找媳妇是给自己找，不是找给别人看。鞋穿在自己脚上，合不合脚，舒不舒服，自己最清楚。

当初我从中原南下广州寻梦，再从广州北上首都创业，多少次路过我们的母亲河——长江、黄河。那奔腾不息的江河水，也激励着我追求理想的决心，不达目的决不罢休。如今我虽少了份拼搏的锐气，却多了份千帆过尽的成熟。

一个人走了这么久，倦了，想休息了。

有时会渴望有一个知音、一个红颜知己，一起品一杯清茶，听听音乐，聊聊天，打发闲散的日子。

人生平平淡淡才是真。那些追求物质名利的人都走错了路，走错了方向。物质的本源是精神，物质财富多了你快乐吗？你已经拥有几百年都花不完的财富，而且这些财富将来也不一定属于你，你只是暂时占有，你想过帮助那些需要帮助的人吗？人们常说钱就是纸，我认为钱是虚荣的贪婪心，是你心头的数字而已，存在银行里，看不见，摸不着。

我回望走过的路，恍然间明白了一些道理。我一路辛辛苦苦，也曾迷路，为物质迷失过。其实这世间你什么都带不走。物质的追求对我来说已经不重要了。我只愿能多创作几首流传后世的作品，留下我的歌声在这个世界，与知音共鸣。

如今我算是北方人，一位来自南方的北方人，心中颇多感触。这个城市住着很多和我一样的人，为了生活，为了理想，为了工作，背井离乡，离开亲人，有家不能回。往往我们努力奋斗后得到了许多，也会失去很多。

为我们这些来自异乡的人写一首歌吧，愿我们的家人快乐健康平安！

我来自南方

作词：谢军　　作曲：谢军　　演唱：谢军

我来自南方
要到北方去
我走过长江黄河
忘掉痛苦回忆

我来自南方
山水美丽的地方
我一路飘呀飘
飘到梦中她的心上

我一路寻找
梦中她的芳香
梦中的姑娘
你不要拒绝我
不要让我寂寞惆怅

2012年我去呼和浩特演出，内蒙古自治区湖北商会会长常付田接待的我，他非常喜欢《我来自南方》。商会的企业家们大多都是从遥远的南方到内蒙古创业的，他们听到此歌，都很有共鸣，说这首歌写出了商会企业家们的心声，可作为他们的会歌。

爱上梦中人

作词：谢军　　作曲：谢军　　演唱：谢军

昨夜梦中
你的笑容那样甜美
我在醒来后回忆

放不开思绪
有点忧郁
为你眼神着迷

闭上眼睛　脑海里
片片温馨爱语
真想回到梦里
和你在一起

我张开翅膀
飞呀飞　飞到你的怀里
我想要实现梦想
缩短距离

我闭上眼睛
在她耳旁轻语
我想要告诉她
(白：告诉她什么)

我是真的真的真的　喜欢你
我是真的真的真的　爱上你

她说来看我，是为了还我的情。因为我曾经去看过她。

《又一夜》专辑中有一首《看你》，背后同样有一个纯真青涩的故事……

那是在上大学期间，和初恋的爱人分手后，有一段时间，我完全封闭了自己。

临近毕业时，看到初恋的“她”从分手的阴影中逐渐走了出来，状态比先前好多了，我松了一口气。我希望我在她的记忆中慢慢淡化。我不敢打扰她的生活，只希望她每天幸福开心快乐。我不敢在校园里活动，怕碰见她。

我把每天的时间尽量排满，白天上课，晚上和高年级的闫冰师姐一同勤工俭学，在一家歌厅担任主持，还兼做歌手。每晚我都骑着自行车往返于学校和歌厅之间，觉得轻松而又快乐。这份工作既可以锻炼自己的舞台台风和应变能力，还可以赚5元钱，那时的我赚5元钱比现在赚5万元还开心。当时我一个月生活费才几十元，而且因为是师范专业，学校每月发饭菜票，学费也免。

一天，我们几个同学应邀去部队参加活动，在那里，我认识了乔。她和我同年级，是我们年级的“女神”，冷美女，不爱说话，不爱参加学校的各种演出活动。因为她姓乔，男生便给她起了个外号叫“小乔”。那时，她的回头率很高，也是各男生寝室熄灯后谈论最多的女生。

在淡淡的彩灯下，我们面对面坐着，我看了她一眼，确实格外迷人。我和她是同一个声乐老师，于是也稍微亲近些，两人攀谈起来。

这一攀谈让彼此好感倍增。由于初恋的伤痛让我久久都不敢对其他女生敞开心扉。为了走出初恋的伤痛，为了彻底地将初恋的“她”忘记，我决定开始另一段感情。

那些天，我写了很多浪漫的情书给乔，俨然像一个诗人，抒发着浪漫的情怀，努力将自己的文采发挥到极致。

乔的室友告诉我，我激扬的文字和肺腑之言，感动了乔，她每天熄灯后，都会点着蜡烛躺在床上一遍一遍看我写的信。

那时，我在校广播室做播音员。有一次，在播音室现场，我为乔演唱了一首歌曲《你是飘呀飘着的云》，徐志摩经典的诗经过改编后，还是那么飘逸，李海鹰的曲隽永优美，原唱是刘欢，但经过我演

绎后另有一番味道。当时播出后，很多同学都听了，老师也称赞我唱得好。

慢慢地，我和乔两颗心开始靠近，我们一起看电影，一起漫步，一起吃小吃，一起听音乐，一副耳机两个人用。

我们在雨夜里漫步，我也学电影《天皇巨星》里的情节，给乔唱《今天是个好天气》，用我的浪漫一点点温暖她，她开始变得开朗，话也多了起来。

寒冬时节，大雪纷飞，安阳的夜晚异常寒冷。乔请了几天假回家，我在学校天天盼着她回校。3天后的凌晨两点，乔乘坐的列车终于到达安阳，得知我早早就到了车站，在车站等了很久，她很感动。

然而我们自相识以来，始终都只是要好的朋友关系，更像是知己，不是恋人。乔不同于我的初恋，我和她一直以来连手都没有拉过。我们彼此都很难走进对方的心里。

我知道自己内心还难以抹去某个人的身影，思考良久，我还是毅然决定终止我们的来往。

就在她慢慢地接受了我时，我却淡出了她的视线。她也许有些不适应，越发沉默寡言，性格也更加内向。我也变得忧郁。我从没想要伤害任何人，可是别人却一再因我而受伤。我们都沉浸在感伤中。

一直到毕业，我们都没有再联系。

1995年夏天，我坐44次列车，途经洛阳出差。洛阳，那是她的家乡。她的地址是我在她们班一位同学的毕业留言册上看到的，一直深深烙印在我脑海里。我办完事后抽时间专程去看了她。

我从洛阳市坐车到偃师市，然后从偃师市坐车到府店乡，再从府店乡到乔的家夹沟村，途中有一段路没有通车，我只好徒步行走。一路上虽然疲累，但我仍觉得兴奋，期待见老朋友的兴奋感充斥了我的内心。现在想来，人生中有这样的旅程也挺美好。

到达夹沟村后，我懵了，这个村太大了，有几千人，和乔同名同姓的就有十几位。我在脑海中拼命搜索着关于她的所有信息，记得她父亲开了一家耐火材料厂，她又是大学刚毕业一年。一个村民把我带到她家厂里，一见到她哥哥，我就感觉找对人了，他们兄妹长得太像了。

到了乔家里，当她站在我眼前时，当我出现在她面前时，我们都非常惊讶，她还是那样超凡脱俗，面容姣好。

她不敢相信自己的眼睛，半天才说："你怎么来了？"

我说："我看你来了，我曾说过有一天我会来看你的。"

乔笑了。我们之间所有不愉快的往事似乎都消逝了。我们就像离别多年的老朋友重逢，"相逢一笑泯恩仇"。

几年后，她专程从洛阳坐了一晚上的火车到北京来看我。吃过午饭后，她就坚持要回去。

我送她去了车站。她说来看我，是为了还我的情，因为我曾经去看过她。

时光好快，如今，一晃毕业快20年了。于是我为她写了一首歌，原名叫《你不相信我会来看你》，后改名《看你》。

《那一夜》之后，我的又一张新专辑终于全部录制完成。我定专辑名为《又一夜》，主打歌是《心在跳情在烧》。我的直觉再次告诉我《心在跳情在烧》会走红，《又一夜》虽好听，但超越不了《那一夜》。我还是坚持亲自操刀编排了歌曲的顺序。

我跟《那一夜》专辑的发行商"孔雀廊"有协议，约定《那一夜》专辑合作后的三年内如果我再发行第二张专辑，将优先与"孔雀廊"合作发行。于是我坐飞机到顺德，把录制好的歌曲母版带到

“孔雀廊”，我和“孔雀廊”负责人一起用他们专业的音响试听专辑的主打歌曲《心在跳情在烧》和《又一夜》。这位负责人非常感兴趣，但是由于双方合作条件未谈拢，就没有继续合作了。

我分析了市场，觉得应该换一种合作方式。我去了几次鸟人唱片公司，找董事长周亚平先生闲聊探讨。周先生是圈内资深人士，包装推出过许多歌手，被称作“中国流行音乐的开路者及权威见证人、最成功的流行音乐制作人之一”，荣获过很多奖项，也捧红过很多艺人。他从20世纪80年代起为迟志强的专辑、江珊和王志文的《过把瘾》专辑，以及刘欢的《北京人在纽约》、含笑的《飞天》、刁寒的《花好月圆》等耳熟能详的歌曲担当制作，到后来签下彝人制造、庞龙、南合文斗、陈瑞等歌手。

“鸟人”和“华谊兄弟”的合作模式，我非常感兴趣。我跟“华谊兄弟”熟，打过交道，在几次谈判后，和他们建立了一种新的合作模式。这种合作完全不同于跟“孔雀廊”的合作。

在过去的合作模式下，你无法知道自己的发行量有多少，人家加工生产，人家卖。现在的合作模式完全透明，我们生产加工供货，委托“华谊兄弟”经销，采取分账模式。“华谊兄弟”成为我们的经销商，我们借鸡下蛋，用“华谊兄弟”现成的音像制品网络销售渠道去铺我们的货，既赢得了宣传，又收回了成本。

在合作的过程中，“华谊兄弟”负责人又牵线介绍我和“华友世纪”合作。“华友世纪”是纳斯达克上市公司，投资参股收购了很多公司，尤其成功地收购了很多音乐公司，如华谊兄弟音乐公司、鸟人公司、飞乐公司、金信子公司等等。

我当时对收购有点动心，和公司的股东也多次开会商量，经过缜密思考，权衡利弊，最终还是放弃了股权收购合作。后来也证明我的放弃是正确的。

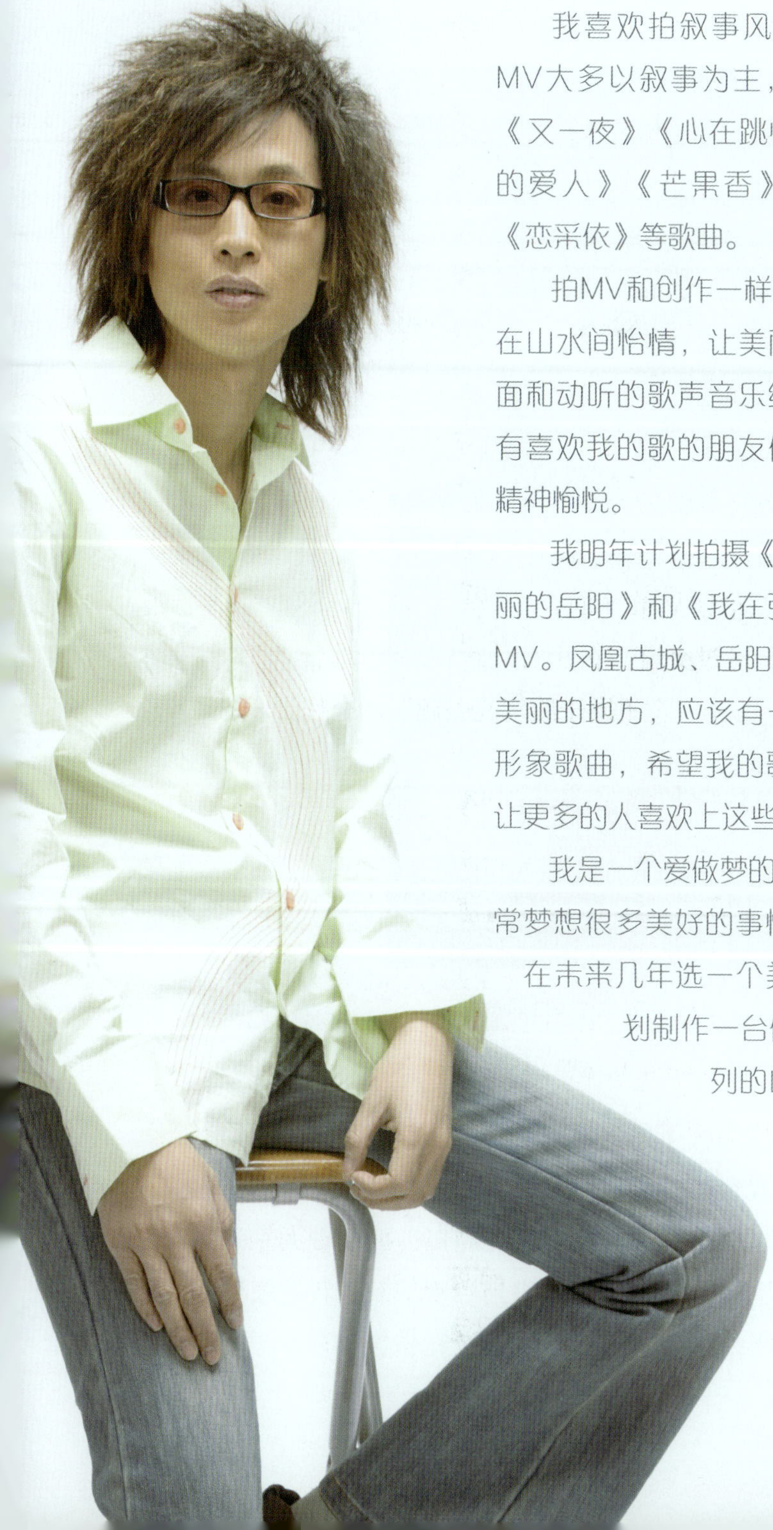

我喜欢拍叙事风格的MV，我的MV大多以叙事为主，如《那一夜》《又一夜》《心在跳情在烧》《做你的爱人》《芒果香》《碎心石》和《恋采依》等歌曲。

拍MV和创作一样，是一种享受，在山水间怡情，让美丽的自然风景画面和动听的歌声音乐结合，传达给所有喜欢我的歌的朋友们，给大家带来精神愉悦。

我明年计划拍摄《凤凰古城》《美丽的岳阳》和《我在张家界等你》的MV。凤凰古城、岳阳、张家界，这些美丽的地方，应该有一首好听的地方形象歌曲，希望我的歌能打动大家，让更多的人喜欢上这些地方。

我是一个爱做梦的人，生活中也常常梦想很多美好的事情。我希望自己在未来几年选一个美丽的城市，策划制作一台像张艺谋印象系列的山水实景演出。

我在酝酿，愿好梦成真！

2007年秋，我在收获音乐事业的同时，也碰上了一桩音乐著作的版权纠纷。中秋节前，我还在和“孔雀廊”的负责人互发短信，给对方送去节日的问候。怎么也没想到中秋节后，我就收到法院的传票。因为我的《又一夜》专辑没有跟“孔雀廊”合作，他们告我侵权，向我索赔30万元。“孔雀廊”认为当初双方协议约定，三年内如果我再出专辑要优先和他们合作。

但事实是，并非我不和他们合作，而是我们双方合作条件没有谈拢，他们放弃了合作。

协议里签的是优先合作，不是绝对合作，优先也是有条件的，更不是必须合作。对方想玩文字游戏，钻空子。

携《那一夜》专辑和“孔雀廊”签约的是我，但携《又一夜》跟“华谊兄弟”合作签约的不是我，是“中唱星天地”唱片公司。况且合作的方式也完全改变了。

我在《那一夜》专辑发行之后，又跟“孔雀廊”签了《那一夜》的卡拉OK专辑，包括DVD和VCD。“孔雀廊”在合作中没有履行协议，我没有告他们，他们反倒告我。

我没有违约，法律是站在正义的一边的。一审“孔雀廊”败诉，被法院驳回了诉讼。他们不服，继续上诉，二审依旧败诉，而且是终审，不得再上诉。

这件事也给了我一个警醒，让我深感商场如战场。

生活中我是一个随性的人，爱开玩笑，喜欢即兴作诗写词。在吉林卫视《音乐100度》谢军歌友会节目里，主持人让我现场改编歌曲《那一夜》，要求歌词不变，现场即兴改旋律。按主持人要求现场编歌谱曲。在河北卫视做歌友会节目时，主持人要求我现场即兴编歌曲，歌词中要有栏目名称，要有主持人姓名，要有现场的观众等等，我一一做到。

即兴是我的强项。我也时常在饭桌上即兴编歌曲。因为《那一夜》，大家经常开玩笑，问我的那一夜在哪里？那一夜到底怎么伤害了别人？我也开玩笑回复大家，说《那一夜》是我写的唱的，事情是大家做的。

2006年春天，我陪母亲回湖北老家探亲，列车从郑州南下，在京广线上飞驰。我给她发信息，告诉她我一会儿经过她那里。列车到达信阳站，她从单位赶来，穿着制服远远跑来。由于列车停车时间太短，窗口不卖站台票，时间来不及了，她强行闯进站里与我见了一面。我永远忘不了站台上她的神情。这个站台很温暖，很特别，承载了我无数的情感和思念。

2009年10月19日，我的大学母校60年校庆，学校邀请我回来联欢。我当时在云南文山州参加演出，校庆前晚才从云南匆匆赶到。

毕业15年了，学校变化很大，校园面积大了许多，分成好几个校区。老师同学们欢聚一堂，仿佛又回到了从前的校园生活，人也年轻了许多。

只是还是有些失落，因为这座城里少了她。光阴如箭，岁月如梭，我们是学校的过客，也是这座城市的过客。今天我来了，一切已非昨日模样。

当年我上学时，全校才两千多人，现在快3万了。校庆的舞台比我们那时不知好了多少倍，广场上望不到边的人群。我离开学校的舞台已经15年了，如今回来，心中有一种难以言喻的激情和冲动，一连唱了《那一夜》《做你的爱人》和《心在跳情在烧》等3首歌。在唱《那一夜》前，我在舞台上说："感谢母校栽培了我，我为学校而骄傲，感谢这座城市，感谢我的同学，感谢我在大学校园里和她美好的初恋。初恋是美好的，也是难忘的，这座城市和学校也让我一生难忘，没有她，我今天就不会站在这个舞台上为你们唱歌，一首感怀初恋的爱情歌曲《那一夜》，送给你们。"全场鼎沸，我的演出将晚会推向了高潮。

2011年我出差路过信阳时和她匆匆见了一面。短暂的见面，匆匆的离别。每一次的离别后都是无尽的相思折磨着我。

毕业快20年了，这20年我们只见过5次。

你离我很远，却又很近。你离我很近，却又很远。

我们只是时间的恋人，我们无缘成为爱人。这世间又有多少相爱的人像我们一样，没能走到一起。写一首《做你的爱人》送给她，送给所有和我们一样拥有幸福而又苦涩的初恋经历的朋友们。

时间让一切成为历史，我只能把她藏在怀里，藏在心底。

把你藏在怀里

作词：谢军　　作曲：谢军　　演唱：谢军

你走了　云散了
我哭了　雨下了
梦醒了　心碎了
我无奈　苦等待

翻开记忆中我的爱情
你总是找种种的借口
忘不了你甜蜜的话语
还有在我耳畔的温柔

是否还会有那么一天
你还会像原来那样爱我
给我你甜美的微笑
还有你最深情的拥抱

是否还会有那么一天
你还会像从前那样疼我
忘掉记忆中你的伤痕
一起奔向灿烂的明天

我将爱你的心
藏在我的怀里　我的怀里

做你的爱人

作词：谢军　　作曲：谢军　　演唱：谢军

我时常一个人独自彷徨
也时常一个人独自流浪
我希望你能回心转意
再像从前那样地爱我

我知道你不会把我遗忘
也不会抛弃我独自飞翔
我时常留恋在你家门前
盼望你能够看我一眼

我一生中最爱的人啊
我醒来梦中还是你的样子
可不可以再爱我一次
让我学会做你的爱人

我生命中最爱的人啊
请不要拒绝心中火热感受
可不可以再爱我一次
做一个幸福的女人

58
HOSA

迟来的春天

给自己也给春天一个微笑，

让四季都是春天，让每一天都有好心情。

好久没有恋爱了，整整13年了，没有尝到那牵魂的滋味，感觉自己快不食人间烟火了。有时又会觉得有点遗憾，13年多么漫长，可以在爱情面前甜蜜多少回，我也渴望能与自己相爱的人长相厮守，和心爱的她成为恋人、情人、爱人、知己，过着相依相守的生活，形影不离，那一定是特别美好的事情！

我愿带心爱的她去看海，爬山，看夕阳西下、潮起潮落，用爱去温暖这个世界。

爱是看不见摸不着的，是要用心去感触的；爱是两情相悦心有灵犀；爱是为了对方无条件牺牲自己；爱是岁月老去，两个人坐着摇椅回忆过去。

当你有爱时，会感觉空气那么清新，生活那么美好，你能为鸟语花香袅袅炊烟而动情，也能为阳光透过树叶铺洒在地上的点点金黄而心跳。

有爱多好，爱令人神往！

真想再经历一次刻骨铭心的爱，不求惊天动地，只求能与你在这个地球的某个地方邂逅相遇，不枉这一生！

我的爱，你此刻在哪里？我们何时才能相遇，在哪里相遇？我在一个被爱情遗忘的角落，久久没有人呼应，孤苦伶仃。

春是长亭，秋是长亭，一亭一亭走过，我和你互相追寻。季节的年轮载着我多情的脚步，我会在这孤独的路上等着你的出现。

阔别学校多年，我时常怀念校园生活。一次应邀参加清华大学领导力总裁班同学在九华山庄的聚会，一下子把我拉回到了学生时代，虽然我和他们都不熟悉。

在联欢会上，大家并没有生疏感，我演唱了我的代表作《那一夜》《做你的爱人》《心在跳情在烧》《芒果香》等歌曲。因为彼此年轻，也因为我是歌手，大家很快成了很好的朋友。

居然我和他们也成了同学、朋友。

阔别学校多年，很久没有享受到当学生的感觉，更没有想到会在清华听课。做梦也没有想到在清华会遇见她。一切在没有想到中发生了。

感谢那位为我报名并交了学费的同学。可能这么多年踽踽独行，也感动了上苍，让我在冥冥之中遇见了她——春天，我的春天。

我和春天上课时的座位并排着，相隔一个过道。

因为想涉足商海做点生意，所以我非常珍惜这次学习的机会，听讲记笔记没有任何的杂念。

只是一次下课期间赠她唱片时，心里忽然像做贼一样发慌。尤其是触到她的眼神后，我就彻底沦陷了。我自认为算是阅人无数，可是却还是被那带有魔力的眼神灼伤，从此心猿意马，意乱情迷，盼望天天上课，可以天天和她见面。

多少年没有为一个女人失眠，心烦意乱了。我活在激情、盼望、期待中，还时常和她在梦里见面。

一次朋友聚会后，酒醉的我实在忍不住给她发了一条短信："在干什么？我好想你。"

清晨看到她的回信："你发错了吧？"

我赶忙回信："我喝多了，发错了，对不起，不好意思。"

之后的日子里，我度日如年。我每天在焦虑中等待，等待两个月后的下一次上课。两个月的时间太长，太难熬。她会记起我吗？

两个月后，终于开课了。前一晚，几十个同学又聚在了一起。大家再次见面了，都尽情畅饮。我一激动，也放开了喝。酒到酣畅淋漓时，我借着酒胆走到她身旁敬酒，对她说："对不起，上次发信息时我喝多了。"

她面若桃花开玩笑说："我还以为是真的，是真的就好了。"

我听后越发心跳加速，赶忙说：“是真的。”生怕错过了这个表白的机会。

聚会结束后，我脑海里再也无法抹去她的身影，每天昏昏沉沉、晕晕乎乎的。我再次无比盼望两个月后的见面。

我带着无限相思和无奈为她写了一首《想你》。歌中一切情景，是我内心真实的写照。

想　你

作词：谢军　　作曲：谢军　　演唱：谢军

那天我在清华　触到你的眼神
每天开始思念　盼望再见你
望着天空发呆　望着寂寞无语
盼望还能再次与你相遇

实在忍不住　给你发短信
我说好想你　心里好犹豫
终于再见你　聚会再举杯
看着你眼神　我总是逃避

经过多次见面和相互了解后，我们的感情与日俱增。一日不见，如隔三秋，我们盼望每时每刻能在一起。

一次我从呼和浩特演出回来，长久的相思压抑着我们，爱就像汹涌澎湃的潮水，又如火山岩浆一般迸发。那夺目的光芒照耀并笼罩着我们，让我们感觉就像经历了一个世纪的漫长折磨。我们不知不觉相爱了！

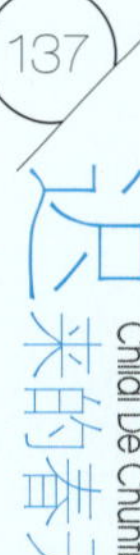

我不知道这份爱能持续多久？也不知道我们会相爱到何时？我不求下辈子还相爱，只愿今生我们能幸福共拥有！

两个相爱的人，尽情地沐浴在幸福欢乐中。

人间有爱多好！春天呀春天，我要为你写诗，写歌，写书；我要看你，读你，欣赏你；我要歌唱我们的爱情！

你是我生命中最美的一刻
你是那最美的花一朵
你是我心中的那一团火
你是我最爱的人一个

你是我思念里流淌的河
你是我欢笑后的寂寞
你是我天空里云一朵
你是我爱情故事里的传说

我愿在你痛苦的时候永远陪伴你
我能让你快乐让你欢笑让你不寂寞
希望你能陪我风雨陪我幸福
希望你能走出迷雾过新的生活

就像电影里那美丽甜蜜的爱情故事突然发生在我的身上一样，我感觉自己像生活在童话世界里，一切幸福而又梦幻。

我想起了小时候看的巴基斯坦电影《永恒的爱情》，那缠绵悱恻、绵延悠长的爱恋，让人难忘。那首经典的电影插曲《我将永远爱你，至死不渝》，影响我至今。

我时常流连在小时候的电影剧情中。《小街》《庐山恋》等感人肺腑的爱情故事影响了无数人。一部老电影，承载的是一个时代的集体回忆。我真想和我爱的春天去看庐山瀑布，去电影中那熟悉的景点，穿过时光隧道，重温往日经典。

1980年，由张瑜和郭凯敏主演的《庐山恋》红遍全国，男女主角浪漫的爱情故事征服了无数观众。

该片把发生在新时代的纯美爱情故事与庐山的优美景色完美结合起来，打动了无数人，庐山也因此声名大噪。

庐山风景区为此专门兴建了一座电影院，每天从早到晚放映这部电影。看《庐山恋》，成为了庐山多年来一个固定的旅游项目。从1980年7月12日首映到现在，该电影院的观众达到了数百万人次，30多年放映了21000多场，创造了世界上在同一影院连续放映同一部电影时间最长、场次最多的纪录。

春天，我们何时去庐山呢？

你是春天
也是四季
你是我追逐自由的风
你是我心尖上的和风细雨
你照亮我的天空
温暖我的大地
离开你的养分
我便没有生命力
若能忘记　不须努力
若不能忘记　就爱到彻底
做你心灵的印记
永不放弃

热恋中的人是感性的，会沉浸在幸福中不能自拔。我们只恨每次相聚的时间太短。

记得我们第一次一起出游是去温州。在那里，我们度过了一个个难忘的日子。

多希望时间停住。我有些害怕哪天她突发奇想提出分手，那我就会像在寒冷的冬天掉进冰窖里一样。

爱，不求天长地久，只在朝朝暮暮。我不知道如果有一天春天离开我后，我会怎样。我真不敢想。

那次旅行，我们还去了永嘉、象山、宁波等地。一次，我和亲爱的春天漫步在宁波的街道上，街上还有些寒意。市区离海虽然有几十千米，但街上的凉风中还是充满大海的味道。

爱，
不求天长地久，
只在朝朝暮暮。
我要把这首歌写好唱好，
送给春天和这世间所有相爱的人。

心里有爱和没有爱时，看世界是不同的。我认为爱情也深深影响着人的世界观和人生观。

因为她，我爱上了宁波。

2012年的最后一天，我们一起在宁波度过。我还记得，2012年的最后一秒，在宁波的午夜，我们在跨年时做了一件令我终生难忘的事。

为了纪念我们的爱情，我决定为她写一首爱的情歌，我要把春天、我和宁波都写进去。

我常在她耳畔说：“我爱你，我想你。”

就算她在我眼前我依旧那么地想念她。

我要把这首歌写好唱好，送给春天和这世间所有相爱的人。我要让所有正在爱着与被爱的人，和我们一起分享甜蜜。

我 爱 你

作词：谢军　　作曲：谢军　　演唱：谢军

我们走在宁波的街上
海风轻轻地拂面而来
我最亲爱的人
望着你温柔的眼睛

我不停地想念你
尽管你在我的眼前
我想对你大声喊　我爱你
虽然你不在乎我

我爱你
就像爱我自己
我喜欢你
爱上了春雨
能不能我们走到一起
一起温暖爱的世界
我们一辈子相爱
我和你爱到停止呼吸

我爱春天
我爱你
我最亲爱的
我喜欢你

我爱春天
也爱四季
你是我的全部
我是你胸膛的鱼

如果我能为你谱一首好曲
就让那歌声洒向人间的四季

只有投入地爱了，
你才会知道爱的滋味。
感谢上天将你赐给我！
感谢人生路上有你陪伴！

春天，如今在这春的季节，在这春的夜晚，我多么地思念你呀！

就像那歌里唱道："我们一辈子相爱，我和你爱到停止呼吸"。我的春天，你会吗？我们爱的路途还有多远？你有没有看到认识你以后我改变了很多，我尽量不去应酬，不开玩笑了。朋友们说过去的谢老师不是这样，总是谈笑风生，给人欢乐，现在变得不爱说话沉默寡言，是不是春天你把谢老师管得太严了。

偶尔春天也会对我说："你改变这么大，我还接受不了。"

忘不了我们在望京的那晚，春天曾那样地斩钉截铁，坚决想卖掉公司和我在一起永远不分离，说我去哪里她都会跟随，让我感动不已。

我也在心底暗暗许诺一定要爱她疼她，一辈子对她好。

爱在最热烈时就像喝酒喝到最高兴时，越喝越想喝。

感慨这迟来的春天。对的时间碰到对的人就是缘分，有缘有分，但也有有缘无分的。这世间缘深缘浅，缘起缘落，我们能从地球几十亿人中走到一起太不容易。

我常常想：在浩瀚玄妙的宇宙，地球46亿年间，我们为何在茫茫人海中相遇？为何不在唐朝宋朝见面？为何又会深深相爱？

春天，你爱我什么呢？

只有投入地爱了，你才会知道爱的滋味。赤橙黄绿青蓝紫，酸甜苦辣咸，爱情也是一样，什么颜色什么滋味都会有。

也许有一天，春天会因为某些原因和我分手，我该如何面对？如果真的分手了，她又会怎样呢？她会感到遗憾吗？如果真的分手，我仍会祝愿她幸福。总之，我不会后悔，我会爱我所爱无怨无悔！但是，春天，如果有一天你和我分手，你会后悔吗？你会后悔爱上我吗？

爱你无悔

作词：谢军　　作曲：谢军　　演唱：谢军

不知道我今生还能遇见你
不知道我还能够爱上你
不知道我面对你还会有勇气
不知道你也会深深爱着我

感谢上天将你赐给我
感谢一路疲惫有你来陪我
感谢你能理解我你能宽容我
感谢你给我阳光还有你的热

我宁愿为你付出我的所有
我宁愿为你守候为你祝福
我宁愿为你一无所有也不会放弃你
我知道今生爱你无悔
爱你无悔

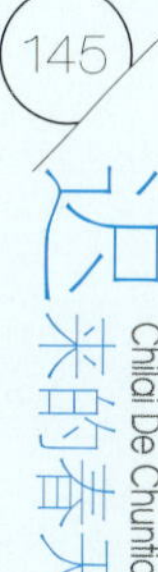

我时常一个人发呆，望着远方、天空、墙壁和天花板静静地想她，想此刻的她在做什么？

当她不在我身边时，我也会胡思乱想，想她是不是有另外的男人陪伴在身边。

恋爱中的男女一旦坠入爱河全情投入，难免会猜疑、会吃醋、会误会、会吵架生气。

在爱的旅途中，有欢笑、有忧伤、有鲜花、有泪水、有失落。在爱的路上，有人在奔跑，有人在缓缓前进。有人开心，看到天堂；有人悲伤，感觉处处是地狱。天堂再好，谁去过？谁又愿意去呢？一切都是内心强烈的欲望作怪。魔由心生，人之无求心自安。在你的世界我不请自来，倘能做到又悄然静静走开，轻轻地挥一挥衣袖，不带走一片云彩，就像是诗里写的那样“随风潜入夜，润物细无声”，那又是何等洒脱。

宁静，是一种气质，更是一种境地。恬淡、安详，如一泓秋水映着一轮明月。宁静是一种充满内涵的幽远，于静中触景，于“无声处听惊雷”。宁静的心境、清醒的人生，曾经是古往今来无数人梦寐以求的……

我追求宁静，可恋爱中的我却总是患得患失，经常因为她生闷气而焦虑、抑郁。其实，该来的终究会来，该走的谁也留不住。我们每天的心情左右着我们的人生，心情不好的话，一切都乱了。我们常常不是输给了别人，而是输给了内心的情绪。坏心情贬低了我们的形象，扰乱了我们的思维，从而输给了自己。所以，控制好心情，生活才会处处祥和。给自己也给身边人一个微笑，让四季都是春天，让每一天都有好心情。

春天见不到我时也一样猜疑。守着漫漫长夜孤独煎熬时，她也爱胡思乱想。

春天也曾常说，好女孩那么多，让我把她忘了，我又怎么可能忘掉她。忘记她就等于忘记了一切，我想，在忘了她之前，我可能先忘记了自己。

一种相思，两处闲愁，此情无计可消除，才下眉头，却上心头。一切只因彼此爱得太深。

只因爱你太深

作词：谢军　　作曲：谢军　　演唱：谢军

只因爱你太深
所以心才会疼
只因爱你太真
脸上才有泪痕

只因你的眼神
恋上你的温存
只因你入我梦
世界才会不同

不想为难你半分
不想扰你的魂
不想让你伤心
痛苦陷得太深

爱你刻骨铭心
你是巫山的云
怎样让你幸福
彩虹为你铺路

忘不了我们曾一起赶早班飞机飞往长沙，那次旅行我们还去了湘潭、韶山、岳阳和临湘。在伟人毛主席的家乡韶山，我因受凉感冒发烧，当晚回到长沙和当地的朋友喝酒，一下加重了病情，是春天在我身边照顾我，呵护我。原来有时生病也是一种幸福，可以享受爱人的呵护，虽然痛但很快乐。

我们一起规划了我们的人生，目前要努力地工作，过几年后一起游遍祖国大好河山，周游世界。世界成就了我们，我们也要一起温暖世界，回报世界。我梦想着每年出本书，办几场演唱会，出张唱片，再培养一批音乐接班人。

我在湖南的朋友一直很关心我的个人问题，他们对春天印象不错，说她非常好，要我抓紧。

我不知道和春天相爱的这条路还能走多久？我有那么多的缺点，我是否如她意？她的事业太好，我不想牵绊她。爱是执着付出还是默默舍去？我应该怎样？没有了我她会难过吗？会记得我们在一起的美好时光吗？还是会更加热烈地爱上另一个男人呢？

爱是伟大的，又是自私的，我既希望她过得幸福，又不希望她爱上别人。

湖南之行很辛苦！我的病还没好，她又病了，感冒发烧咳嗽得很厉害，让人心疼，我又自责都是我传染的，她更是说着让我感动不已的话：“宝贝，和你一起生病我愿意，真想和你在安静的房间里，让你抱着我睡上一星期。”

恋爱多美好！这段恋情让我有了这么多年不曾有过的心跳感觉，让我寻找到那已远去的世界。

有人说成熟的男人不会把“我爱你”挂在嘴边，我不赞同。恋爱中的人无论年龄多大都像孩子一样，心态会格外年轻，会撒娇，会温柔，真正的爱情和年龄没有关系。

如果你正在爱，你会为了那个人茶饭不思，时刻想见到他。我有时会情不自禁地向春天说无数遍我爱你我想你，那绝对是发自内心的真情流露。

我也时常在梦里与春天见面。从没有这么多次的梦见一个人，有一段时间十天会有八天梦见她。有时我出差远离她所在的城市，但我知道她会在梦中等我的。

我已习惯了在睡前对着她不在的枕边说宝贝我爱你。我会在每天睡前及早上醒来时发短信跟她说宝贝晚安及早上好，有时生怕喝醉了忘记发了让她不安。她也刁蛮地不允许我以她睡的时间发晚安，要以我休息的时间发，哪怕我熬夜到清晨或上午才睡，那就在清晨或上午睡时发晚安，让我哭笑不得。

倘若我没有接到她的电话，哪怕晚几分钟回过去，她都会生气，问我为何不接？我有时在谈事情，有时睡着了手机充电没听见，有时在洗澡……不行，只要没接就是我的错，不能扯理由。如果偶尔在电话里对她的语气或称呼不亲昵，她也会不依。

爱，幸福地折磨着相爱的人！

春天，我摘朵山花美你的眼；秋天，你摘个野果解我的馋；夏日，我陪你到天外溪水边；冬夜，我们捂热被窝梦乡流连。

2013年春节前，我应邀去丽江华坪县茶花寨演出，之后又去了其他几个城市。这一别，和春天一个月不能相见，这一个月对于我们来说太漫长了。

我在一万米高空的飞机上思念着春天。彩云之南的高原，一路的美景尽收眼底。此时北方正是寒冬时节，但茶花寨已满是美丽的茶花和绿绿的芒果树，更是勾起我对春天无限的思念。

我曾经在数年前来过茶花寨，这里的山上有个“晚茶亭”，名字就是当年我起的。傍晚时，坐在半山腰的亭子里，和几个好友相

邀喝着茶，大家天马行空地谈天论地。眺望远处山下县城里华灯初上，抬头仰望星空闪烁的景象，整个世界一片安逸祥和。

我曾在很多不同景致的地方喝过茶：雅安的溪水边、杭州西湖边、西溪湿地、江南乌镇、岳阳君山爱情岛、凤凰古城等，在山水间品茗，感受大自然的魅力，是都市中现代潮人难以体会的感受。

茶花寨，那火红的山花多美！

人生美好，人生也很无奈。远离都市繁华喧嚣，过安宁的生活多惬意，却不是自己能选的。当年这“晚茶亭”因我而得名，当夜我又和茶花寨主人约定再建个“爱谷亭”，纪念我在这山谷里的思念。虽是隆冬时节，春天却在我心间，暖暖的。

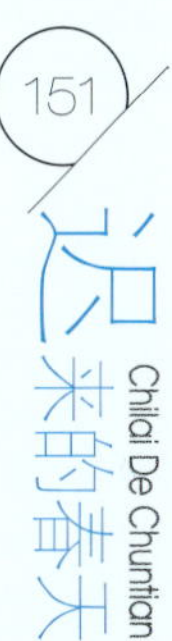

山谷里的思念

作词：谢军　　作曲：谢军　　演唱：谢军

满眼青青的绿
浮现你甜甜的笑
我在遥远的南方
思念北方的你

风儿轻轻地吹
花儿含羞的忧郁
思念比光速还快
你在我心底徘徊

向远方挥挥手
那是爱情的方向
闭上眼睛微笑
相思苦无药

美丽的云南
我爱上了你
山谷里的小红花
总在我心头萦绕

我盼望　盼望早一点见到你
让白云捎去我的问候　带走我的思念

每次到华坪就像到家了一样。

临行前午宴聚会，李大哥叫来了二十多个老朋友陪我，依旧按惯例把我灌醉了。我的行李都放上了车却还是没走成，被留下来在茶花寨住了一晚。以往每次来我都是在县城宾馆住，那夜第一次住在远离县城的半山上。

从山上到山谷，空气中到处弥漫的是对春天的思念，灵感再次在这个山谷中光顾我。春天姓名里有个思字，我给自己出一道命题

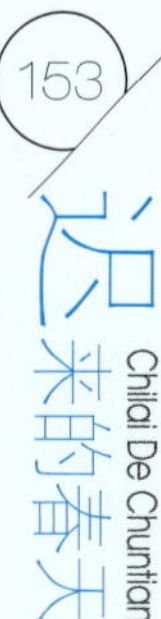

作文，用她的名字写一首歌，歌曲名要出现她的名字，歌词中也要出现她的名字。我既然来到了云南，就当是采风，我要把这一缕缕思念化作一串串音符，让那字里行间的真挚和那起伏跌宕的优美旋律在空气中悄悄地传送给她，让爱在人间弥漫。

写完《山谷里的思念》，第二天清晨醒来，我还沉浸在作品中。茶花寨景色优美，山上是绿，山下也是绿，浓睡不消残酒，我没有力气到外面舒展一下筋骨，呼吸一下这山里的清新空气，躺在床上，听一首自己喜欢的歌曲《时间的河》。

人有悲欢离合，月有阴晴圆缺。

我不相信这世间会有永恒的爱情，在经历了刻骨铭心的思念和伤害后，爱情在我的记忆中好像已经彻底远去，那曾经热烈的情感和牵肠挂肚的思念早已被抛到九霄云外。

唉，当她不记得我时，我却仍旧在怀念她。她的模样我今生今世忘不了，我的样子她可能早已记不清。

痴情的人最容易受到伤害！这世间有天长地久吗？天长在何方？地久又在何处？还是珍惜今天的缘分和今天的拥有，能不生气就不要生气，能不吵架就不要吵架，眼前不开心以后就更不会开心，谁又能知道将来会怎样？爱情没有输赢，赢了，你也没有得到什么；输了，又失去了什么？吵架生气只会伤了彼此的感情，徒增烦恼而已。

美好的生活从现在开始，太阳每一天都是新的，把欢笑快乐给对方，把伤感失落留给自己吧，你会发现做一个胸襟豁达开朗的人是多么的幸福，即使她不理解你，即使她离开你。

2013年春节，我在冰天雪地遥远的东北过年，春天在北京。长久的思念压在她的心头，长时间的分离也让她心情烦躁，而我每天应酬，无法分身，和她的联系也没有往日那么多了，这让她非常失落和生气。她提出分手，我没有勉强。那几天我心情极差，回复她的信息只是诗句。我不愿多做解释，一个人默默承受着无限的落寞失意。

失恋的滋味真不好受，本来相思就像大病一场，加上突然分手，我整个人精神萎靡，面容憔悴，没有一点过年的气氛。那段时间，我没有食欲，也没有睡意，常常失眠发呆。

欣赏你潇洒地转身离去
就好像一切从未发生
只是记忆的梦中下了一场冬雨
只是那承诺失去了记忆

不必责怪那狠心的不回头
任孤独伫立的背影在风中消瘦
只是缘分擦肩而过不曾牵手
只是一江春水向东奔流

注定你会走　注定我会留
祝福你一路好走
谢谢你留下美丽的哀愁
剩下的旅程我一个人走

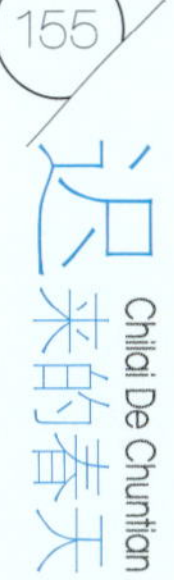

我一直睡眠就不好，她得知我失眠，就又开始安慰我，让我好好休息，别想太多。我告诉她：

我是你寂寞时的烟
我是你射向他心口的箭
你向我伤口撒盐
还让我不要失眠

那时，我感觉自己就像她手里的一根烟，抽完丢和抽两口丢都是丢。一切都走了！

忘了吧，再想她又有什么用，还不是烦恼多一重，还不是有始无终，来匆匆，没想到去也匆匆，以后我们只有在回忆里才能相见了。

你的爱就像季候风
刮来时让爱入梦
刮走时人去楼空
有时是阵微风
让两颗心感觉靠拢
有时是旋风
让你我在纠结中相拥
有时是台风
在不经意中被作弄

她说是我自找的，说原本只是考验我爱不爱她，结果她一提分手，我二话没说也不问为什么，就说“随你”，结果她把“随你”

看成是“随时”，说我一点都不挽留，不在乎她。还说我像风筝不坚定。女人的心思真让人猜不透。我回复她：

我像风筝
你在风中故意放手
让它在半空中不知飘向何处
你有方向有路不回头
哪管风筝那伤心的理由
纵然你可怜挽救
哪知它弱不禁风飘向不知名的天尽头

春去春又回，花谢花会再开。不知道我未来的爱情路上还会有怎样的泥泞荆棘？爱的天空会有怎样的天气？还有没有暴风雨？到底考验一个人的爱是怎样的标准？经历了爱情的酸甜苦辣，我明白我的心态应该调整趋向平和，因为只有平平淡淡才是真！

如果春去，春还会回来吗？

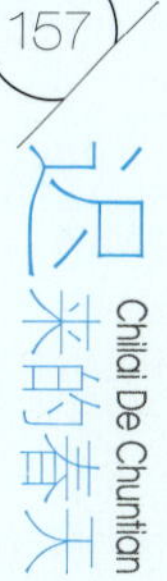

Squier
BULLET STRAT

芒果情

小小的一枚芒果，把我们的心连在了一起。我是一个浪漫的人，如果有一天我恋爱了，我一定带她来华坪，让她和我一样爱上这里！

华坪，我爱你！

我平时不怎么爱吃水果，从小到大也不爱吃零食。小时候，因为爸爸是军人，长期不在家，我跟随妈妈住在乡下。那时候还是人民公社的年代，妈妈平时省吃俭用，偶尔会买些饼干零食给我吃。我当时迷上了故事小人书，就是我们说的连环画，我跟妈妈说以后不要买吃的，买连环画给我，于是那时养成的阅读习惯一直保留到了今天。

我爸爸在很多地方工作过。他曾在武汉当过四年兵，后转业到了湖北潜江江汉油田，之后又去了重庆万州（那时称四川万县），后来到了南阳油田，也称河南油田，最后扎根中原油田。我们一家人也跟随爸爸辗转各地。

很怀念儿时的时光，虽然清苦，但那些如水果般甜蜜甘醇的记忆，却时常弥漫在心间。

那时的水果种类不多，不像现在琳琅满目，许多甚至都叫不上名字。记得小学三年级时，我在南阳油田读书，每次一放学就去同学家做作业，看她家养的小金鱼，她给的水果糖是那么甜。一晃几十年过去了，也不知她如今怎么样？

儿时的伙伴们，大家如今在哪里？

那时，我最喜欢学校组织的春游活动。同学们集体出动，大家都带上当时的奢侈品——面包、煮鸡蛋等，一起分享。这些简单的幸福，甜美了我的记忆。

如今我时常置身于灯红酒绿、醉眼蒙眬中，但再也找不到那曾经的感觉。品尝着山珍海味，却享受不到过去舌尖上的味道。

我没想到，一个儿时只和苹果、梨打交道的人，竟然有一天会和南方亚热带的水果——芒果结缘，结下了这一生一世的情缘。我逐渐爱上了这南方亚热带的水果。

记得那是2008年6月，中央电视台某栏目组负责人找到我，想请我帮忙写一首关于水果的广告歌曲。他们还带来很多有关水果产地的资料给我。

我始终站在音乐的角度发言。
一首好歌必须立足于真情实感，才能打动人心、产生共鸣。

我们相约在我家楼下的咖啡店见面商谈。他们提到在见我之前，已经找了很多人，综合词曲唱各方面因素，最终锁定了我。

他们说创作难度非常高。水果如何去赞美？我也很认真地对待这件事情，虽然我从来没有写过广告歌，也担心写不好，但我还是鼓起勇气接了下来。冥冥之中有一种力量给予了我自信，就像我当年闯歌坛辞掉工作破釜沉舟一样，我坚信只要别人能做到的，我一定也能行！

第二天，央视栏目组负责人打电话问我有什么要求，我说我有信心创作好这首歌，制作和演唱也没问题，唯一的要求就是安排去一趟当地。我要去当地采风，亲临现场感受。

那是一个我之前从来没有听过、没有去过的地方——云南华坪县。

3天后，我、经纪人徐焱、姚明（空政文工团作曲家，代表作《前门情思大碗茶》《故乡是北京》《说唱脸谱》等）及央视栏目组工作人员一行9人出发了。我们先坐飞机到成都，再转机到攀枝花，从攀枝花再到华坪。

从成都起飞赶赴攀枝花，还有10分钟飞机就要降落时，由于天公不作美，我们又被迫返回成都，当晚下榻机场。有失必有得，当晚，我们在机场附近大排档消夜，感受到了川菜的魅力，淡淡的麻，淡淡的辣，淡淡的回味。

华坪县位于云南省西北部的金沙江中段北岸，东和四川攀枝花市接壤，南望滇中腹地楚雄，西通著名的旅游城市丽江，北与享有“女儿国”之称的宁蒗县泸沽湖毗邻。华坪县境内矿产资源丰富，号称云南小温州，全县约15万人，有汉族、傈僳族、彝族、傣族、回族、苗族等26个民族，隶属于丽江市管辖。

到达华坪的第二天，我们采风创作组就和华坪县政府开会接触。他们也给我看了当地征集的一些歌词，我了解了一些基本情况。

我始终站在音乐的角度发言。

一首好的广告歌曲的传唱需要有好的旋律，娓娓道来，朗朗上口。词要押韵，既要点明地域产地，歌词中地名出现次数又不能过多，过多会给人广告嫌疑，也不利于传唱。

例如《吐鲁番的葡萄熟了》这首歌，讲述一个名叫阿娜尔罕的维吾尔族姑娘和驻守边防哨卡的克里木的爱情故事，传递出了爱国之情与纯洁爱情交织成的浓浓深情，表达的就是一种真情实感。

又如刀郎《2002年的第一场雪》中有一句歌词“停靠在八楼的二路汽车，带走了最后一片飘落的黄叶”，刀郎的这一句歌词让很多人大惑不解，汽车怎么可能停到“八楼”上去呢？伴随着刀郎的这首歌唱响全国，如今乌鲁木齐“八楼”这个不起眼的公共汽车站成了众多游客梦想之处。其实，“八楼”是指有四十多年历史、高八层的乌鲁木齐昆仑宾馆。“八楼”在1958年建成后，一度曾是新疆楼层最高、服务设施最好的宾馆，该地因此而得名。“八楼”的

地名和昆仑宾馆前的公共汽车站名也因歌曲的迅速走红传唱而声名远播。当地旅行社导游说很多游客点名要去“八楼”，这就是音乐的魅力和影响。

一首好歌必须立足于真情实感，才能打动人心、产生共鸣。当时的华坪县委宣传部的负责人对我的想法非常赞同，在之后我们亦成了非常要好的朋友。

华坪的朋友非常好客，无论汉族还是少数民族都一样热情，民族和睦。每一天采风后傍晚归来，大家把酒言欢，享受这难得的远离大都市的情趣。没有烦恼，没有喧嚣，将都市里紧张压抑的生活抛到了九霄云外。在霓虹闪烁、街灯繁华的都市里，有多少人能享受到这惬意的宁静，又有多少人真的明白什么是“淡泊明志，宁静致远”呢。

每一天晚饭后，采风组都要在我房间里开会，讨论这首歌的创作风格，希望能耳目一新，让华坪县的同志满意。这首歌创作成功了，华坪和央视栏目组接下来合作一台大型文艺晚会。

其实站在创作人的角度，我觉得这首歌最主要是要我自己能满意。我是歌曲的演唱者及词曲创作者，我要先打动自己。

来到华坪后的第三天的晚宴上，我们喝的是当地的米酒，这种米酒入舌后有淡淡的甜，口感特别好。云南的朋友们酒量惊人，性格格外豪爽，于是我们也不甘示弱，拿出北方人的豪放，把米酒当啤酒喝，将无数个满满一大杯都一口干掉，倒进肚子里。殊不知这米酒后劲很足，我们一行自认为都是好酒量的北方人，却都被南方人的热情灌醉了。

当天晚饭后，我们每个人都昏昏沉沉，酒的后劲上来了，不能像往常一样在我房间开会商议了。

我也一样，自诩酒量还行，酒席上越喝越兴奋，回到房间就不省人事了。再醒来时，已是凌晨3点，霎时灵感突发，词曲在脑海中翻滚，文思泉涌，一气呵成，短短十几分钟，一首《芒果香》诞生了。

一切文学艺术创作来源于生活、高于生活。创作需要体验生活，需要积累，需要丰富的素材。

虽然一首歌才短短十几句歌词，但如果没有去现场亲临感受，没有思考和素材积累，是不会有灵感火花的。闭门造车的作品是不会有感染力的。我从一个游客的角度完成了这首歌。

华坪县的芒果属于晚熟芒果，比其他地方的芒果要晚两到三个月采摘上市。芒果是当地农民的主要收入来源。当地政府号召农民大力开荒，大面积种植芒果树，这些果树长到四五年后就能结果。第一次走进芒果林，我就感到了山区农民的不容易，在山上种植远比在平原种植更辛苦。感谢当地政府为百姓致富所做的工作。

初到华坪的头两天，县政府接待办的小唐吸引了我。她当时大学刚毕业不久，接待认真，彬彬有礼，就是寡言少语，与众不同。当时歌曲的第三句“芒乡的阿妹心地善良”，我的初衷是写成“华坪的小唐热情善良”，想了很久还是没有把她写进去，我怕给她带去不必要的麻烦和骚扰，这也是我创作此歌的一个遗憾，但歌中隐隐约约有她的影子。

如今丽江华坪的大街小巷，男女老少都会唱这首歌。

我在音乐圈打拼了这么多年，很少有一首歌在当地能这么快地广为传唱。我由衷地感谢华坪县委县政府，也感谢我在华坪结交的好朋友们。

随后的几年，我多次到华坪。每次走到街上，我总会被人认出来，无论是普通市民还是挑担子的市场商贩，都热情地和我打招呼，让我感觉就像到了自己的家乡一样。

当年华坪县的芒果年收入才千万元，如今达到5个亿，随着种植面积的扩大，芒果的产量越来越高，接下来的收入还要翻番。华坪县领导感激地对我说：“谢老师，你也是我们华坪人，华坪人永远忘不了你。”一股幸福的感觉涌上心头。

创作完这首歌，我们也该走了。临行前的晚上，大家一起去歌厅庆祝，我情不自禁地把刚创作的这首《芒果香》唱给了华坪县的一个朋友杨大哥听，他非常喜欢，听完一遍后，他居然就会唱几句了。

芒 果 香

作词：谢军　　作曲：谢军　　演唱：谢军

美丽的华坪芒果飘香
我一路追赶迷人的芬芳
芒乡的阿妹心地善良
多情的人儿心荡漾

（华坪金芒果　李良华　摄）

青青的山冈　小河在流淌
我一路寻找爱情和梦想
远处的村庄一片安详
我要为你把歌唱

美丽的芒果香
请你来尝一尝
如果你喜欢它
就把它带回家

美丽的芒果香
阿妹的花衣裳
如果你爱上她
就请把心留下

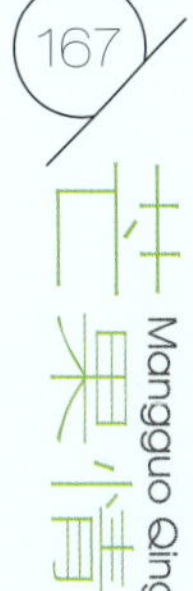

依依不舍地离开华坪后，我一个人去成都访友。我在成都整理了这首《芒果香》的手稿，沉浸在收获的喜悦中。如今这首歌曲被教育部民族教程课本收录，这是我没有料想到的，也让我感到心满意足。

我从没有号召众多音乐人一起参与录制自己的某首作品，因为我不好意思欠朋友的人情。录制《芒果香》时，录和声伴唱真是一种奢侈，得到了任真（2000年央视青年歌手电视大奖赛银奖）、龙梅子（代表作《伤不起》《有钱没钱回家过年》等）、李雨（代表作《雨花石》，在央视星光大道节目中号称女阿宝）及另外几位歌手的友情帮助。

这些年我去过许多地方，到过数百个城市，但华坪是最让我心动的一个地方。我也曾感叹，何时能再来这虽偏僻却美丽的地方。

没想到我和“芒果”的缘分，从此一发不可收，那以后，我接连去华坪演出了3次。《芒果香》的MTV是去当地拍摄的，加上采风，我至少去过华坪6次。后来还在云南省会昆明参加了华坪县政府举办的芒果推介会。

有一年的春节后，我在重庆出差，离华坪不远，就定了机票从重庆飞到西昌准备去华坪见见老朋友。这次旅途也让我一生难忘，早班飞机8点就降落在西昌，华坪接我的车却坏在途中。我好多年没有坐过公交车，从车站坐到西昌市后，又不知何去何从。最后和接我的人一起到华坪时已是晚饭时间，当地朋友热情接待了我。

小小的一枚芒果，把我的心和华坪连在了一起。

一次我和歌手孙悦在江苏南通会展中心演出。第二天我们又一起从无锡飞成都，再从攀枝花转机到华坪，在华坪同台演出。当晚演出现场，我当着上万观众的面说：“我今天站在这个舞台给你们唱歌，感到非常幸福！我和华坪有着很深的缘分，本来明天要走，可是来一趟不容易，我的好朋友，你们的李部长演出前曾邀请我留下来玩两天，我没有表态。现在我要说，既来之，则安之，我决定改行程留下来玩两天。”全场沸腾，李部长也激动得掉下了眼泪。

都说男儿有泪不轻弹，我和李部长是一见如故。演出完那两天，他一直陪着我，带我尝尽华坪美食小吃，让我再次感受这里的热情。

临走李部长为我送行时，把我送到云南与四川攀枝花交界的观音岩电站，并约来当地的好朋友，陪我在金沙江边一家熟悉的江边鱼馆吃饭。结果我在金沙江边这家餐馆，再次喝醉，醉后又折回到华坪住下。

我的助理徐强及女歌手朱玉好也见证了我和李部长的友谊。那次酒后别离，我和李部长两个大老爷们难分难舍，泪洒金沙江畔，这段佳话每到华坪总被朋友们提起，也是我挥之不去的难忘记忆。

祝愿华坪的朋友们永远幸福安康！祝愿华坪县政府为华坪老百姓做更多的实事！

我是一个浪漫的人，如果有一天我恋爱了，我一定要带她来华坪，让她和我一样爱上这里！

华坪，我爱你！

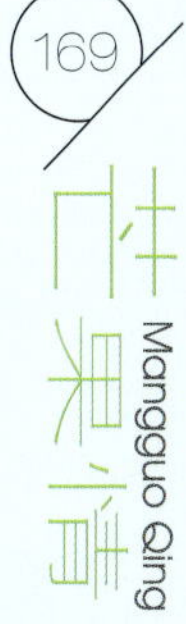

世外桃源

不是每个人都能来到坝美。

愿每个人心中有自己的坝美，那是心灵深处灵魂的归宿。

我看不够那里的风景，还有爱不够的春天。

陶渊明曾在《桃花源记》中为我们描述了一个美丽的世外桃源——让人痴迷让人陶醉的佳境，那是一个让现代人尤其是繁忙的都市人向往的理想之处，可是这世上有世外桃源吗？世外桃源在哪儿？又有谁去过世外桃源呢？

我去过！

我们在每年的春节最忙碌，需要到处演出，有时候还要去国外表演。2012年的除夕前一天，我从福建演出归来，这么多年第一次在北京过除夕。大年初二我就坐飞机到达美丽的彩云之南，去文山州的马关县参加苗族花山节演出。文山壮族苗族自治州地处祖国西南边陲的云南省东南部，东与广西百色市接壤，南与越南交界，西与红河哈尼族彝族自治州毗邻，北与曲靖市相连，辖文山市和砚山、麻栗坡、西畴、广南、马关、富宁、丘北7个县，少数民族以壮族、苗族、彝族、瑶族为主。我去了那里的文山、马关、麻栗坡这三个地方。南方的气候和山水风景与北方截然不同，有一种独特宁静的美。这个季节的北方是寒风凛冽、天寒地冻，但南方的云南却是气候宜人，春光明媚，春暖花开，春色满人间。

花山节演出结束后，我打算在云南多停留几天，来到了广南县。当晚，我受到了当地朋友的热情款待。南方宴席的菜品风格和北方不同，在云南的宴席上，还可以吃到很多野菜，还有一些不知名的药材也能下火锅，蔬菜原生态且新鲜，是在北京吃不到的美味。广南人的热情和北方也不同，席间也推杯换盏，但温文尔雅婉约得很。我很喜欢这里的苞谷酒，这种酒一般是自己家里酿造的，颜色口感味道绝佳。小时候，我在湖北乡下时，家里也酿酒，我至今都对这种纯粮食酒情有独钟。

第二天，朋友安排了一位穿着少数民族服装的妹妹给我们当导游，带我们去了一个我做梦也想不到的地方——世外桃源。

（坝美风光　林颂　摄）

坝美，一个只能撑着竹筏从村前村后的两个溶洞进出方可到达的地方。村子没通公路，唯一与外界沟通的方式就是这两个天然溶洞。那里的人们过着自给自足的生活，整个山谷都是村民用勤劳的汗水开垦出来的。春天，桃花掩映绿水，满眼的油菜花金灿灿的，在春风中摇曳，人们毫不避讳地在河里洗澡嬉戏，孩子们下河捉虾摸鱼。农闲时，人们在村子里的大榕树下拉家常，村子里的老人不识字，也不会说普通话，有的甚至从未到过山外，政府的政策也无法到达这里。据说村民们的祖先当初由于躲避战乱，来到这幽静的山谷里，到现在已经有一千多年了。

春风一来一去，一去一来，坝美游离在时间与地域之外，自得其乐。直到21世纪初，广南县一位领导搞水文调查才偶然发现这与世隔绝的村落，那时，这里的村民们没有见过人民币，村里也没有学校。如今，政府在这里投资兴建了学校，学校里每个年级都有一个班，这里的孩子能上到小学三年级。

导游田雨妹妹带着我们接近坝美，我的心情十分激动，不知那传闻中的世外桃源会是怎样一番景象。我们先坐马车，到了山前，发现山水间有一个小溶洞，岸边靠着许多船，过去是竹筏，现在由于旅游开发后游客增多，都改为木船进山。我们在撑船人（坝美的村民）和导游的带领下，伴着水的哗哗声进入到那幽暗的溶洞里，溶洞约一千米长，很窄，世世代代生活在这里的村民们轻车熟路，闭着眼睛都能划出洞口。洞里很黑，撑船人故意不打灯让我们感受溶洞的神秘。洞里的钟乳石形状各异，姿态万千。导游讲解说，这个溶洞10分钟里要经过“三天三夜”。所谓的“三天三夜”就是在黑漆漆的洞里相当于晚上，忽然洞顶上方有一扇天窗，阳光照射进来，这就是白天，然后再经过黑夜，周而复始。

当船划出洞口后，我们眼前豁然开朗，浮现眼前的是一片让我们意想不到的景象：蓝天、白云、流水、竹林、水车、金灿灿的油菜花、碧绿的蔬菜、壮族特色的山寨民居、屋后的参天古树，还有远处传来的孩子的嬉笑声、溪水边洗衣女原生态的歌声……阳光是那样的明朗，一切有着一种无法用语言形容的美。我曾见过罗平的油菜花，也去过婺源看油菜花，我的家乡也有油菜花，但这里的油菜花配上周边景致，有一种说不出来的与众不同的美。

走过弯弯的小路，来到一条小河边。坝子里的这条河流到坝中被分为两股，右边一股被称为“女人河”，左边一股被称

为“男人河”。坝美海拔在700米以下，这里一直延续着一种习俗——裸浴。炎炎夏日劳作归来或炎热的夏夜里，男人们和女人们会在河中裸浴。听说也有游客带上长焦镜头或望远镜，在村中茂密的竹林里躲起来偷看，但在河里洗澡的人们无所顾忌，“你看你的，我洗我的”。

在坝美，不会做两件事情的女人是嫁不出去的，一件是织布做衣，另一件就是唱情歌。壮族女人爱美，心灵手巧，身上的衣服全部自己缝制。壮族山歌的“幺妹调”“迎客调”“敬酒调”等旋律婉转动人，坝美男青年用自己的歌声把女孩子唱到自己家中，成为女主人。在这里，没有结婚证一说，只有两情相悦。

村里的人们农闲时会聚到榕树下讲故事，这些榕树历史悠久，十分粗壮，十几个人都抱不过来。古老的榕树见证了千年的家长里短、坝美的历史和最真实的感动。村里还有一棵枯藤老树，藤缠树树缠藤，紧紧地缠绕在一起，无法分开，人们管它叫“爱情树”。人世间有这样缠绵的爱情该多好啊！我想起了我曾经写的一句歌词：“哪怕我今生瘦成秋风瘦成烟，也为你久久不散到永远。”

小时候在我的家乡也有水车，留在我儿时的记忆中，如今在这里见到它格外亲切。

导游田雨一路给我们唱着壮族山歌，她圆圆的脸庞上有两个小酒窝，很迷人。我认为，天、地、人才是最美的风景。“美丽”本是形容词，我把它变成动词，“你‘美丽’成我眼前的一道靓丽风景”。

这世外桃源的一切让心纯净透明，我为这世间绝佳的美景倾倒，一种创作的欲望涌上心头。

世外桃源

作词：谢军　　作曲：谢军　　演唱：谢军

青青的山　绿绿的水
闭上眼睛想起有酒窝的妹妹
马车在赶　船儿在追
转眼间三天三夜春光美
幸福的人不愿山外回
醇香的米酒让我心儿醉
炊烟在飘香　歌声在流淌
你我牵手斜阳　岁月轮回

你在山的那一边
我在山的这一边
村村寨寨美景相连
小桥流水伴着花香在眼前

弯弯清水绕心间
我望阿妹笑无言
你我不同两个世界
这就是我们的世外桃源

2013年春节前夕，我和经纪人徐焱故地重游，再次来到广南坝美世外桃源。这世间一切都是缘分，前一年我来时，朋友安排我住在广南县最好的酒店——世外桃源大酒店，这一年又是入住世外桃源大酒店，而且得知酒店的老板是我清华大学总裁班同学

的丈夫，太巧了。

同学安排我游普者黑，虽早就听说过这个景点，但因为季节原因我还是决定故地重游，再去坝美世外桃源。这次安排的导游曾参加过中央电视台星光大道节目，是一位青春靓丽性格开朗的妹妹——阿娇。阿娇非常喜欢音乐，待人热情，又因为同是音乐爱好者，我们不免攀谈起来。阿娇很有才，歌唱得很好，有人生追求，可惜结婚太早影响了事业发展。阿娇酒量好得惊人，一杯一盏一饮而尽，让我眼界大开。跟少数民族朋友喝酒真是自不量力，尽管阿娇是女人，我也招架不住，当晚我基本上是醉了。阿娇临行前开玩笑称能不能将《世外桃源》歌词中一句“我望阿妹笑无言”改为“我望阿娇笑无言”，还说歌曲

《弯弯的月亮》中歌词阿娇摇着船，而不是阿妹摇着船，我理解，其实我创作的初衷是“阿妹”包括了许许多多的像阿娇一样的阿妹。

第二次从坝美走后，心中依然挥之不去那记忆中难舍的眷恋。回到繁华的首都后，阿娇经常和我联系，说很遗憾没有和我吃当地烧烤好好喝一次酒。她说等我下次过去填补遗憾，到时一定要把我灌醉，我能体会到广南人的热情，我也盼望下次再相见。

两次广南坝美之行，我的内心也留有点点遗憾，下次来一定要弥补。我要和我的朋友们住在山谷的寨子里，清闲地住上几日：清晨早起呼吸清新的空气，沐浴和煦温暖的阳光，在金灿灿的油菜花田两旁的小路上散步，让思绪飘向山外的远方。

我真想再有一次真正的恋爱，我们彼此深爱对方，我们在袅袅炊烟中追寻如烟往事，一起感怀岁月的变迁，抒发心中的挚爱和热烈的情怀。这种爱情今生我还会遇见吗？我追求浪漫，如果我爱上一个人，我会执着地去爱；如果她后来不爱了，我会调整情绪默默离开，即使我仍深爱对方。我希望一辈子只恋爱不结婚，我期待比结婚还强烈的爱。爱情是两个人的事，要两情相悦。

我喜欢也不喜欢如今的坝美。往来穿梭的游人多了起来，我担心也感慨这世外桃源的生活会像周庄、乌镇、西塘、丽江一样，旅游商业开发带来的现代文明会打破这原生态的桃源梦。

世间有这样一块地方多好啊！坝美：静谧、艳丽、淡雅、平静。不是每个人都能来到坝美，愿每个人心中有自己的坝美，那是心灵深处灵魂的归宿。

我看不够那里的风景，爱不够那里的春天。

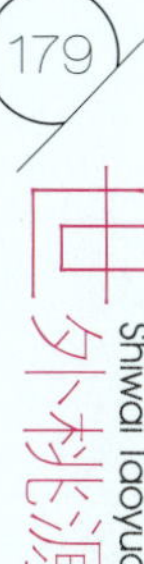

后记

那些爱过的人，走过的路，

都成了曾经。往事过眼云烟，我却痴心未变。

在工作和应酬之余，终于写完了这本书。这段时间，为了写这本书，我改掉了熬夜喝酒的习惯，这对身体早已处于亚健康状态的我来说是有益的。

我希望这本书能唤起大家对美好初恋的回忆，和大家一起分享我真实的情感故事。希望书中的某一句话、某个情节，能让你们回到从前，愿与你们产生共鸣。

爱情是永恒的。

也许你曾经拥有，也许你们已经擦肩而过，但我们心中的那团火永远不会熄灭。那些爱过的人、走过的路，都成了曾经，往事过眼云烟，我却痴心未变。我在那阳光明媚的小路上，等待着你向我的未来奔跑，等待着你的出现。

不知道属于我的你现在在何方？是否也在这静谧的夜晚和我一样地思念、期盼和等待。

不知道你会何时出现？我们会在哪里相遇？我是一个长不大的孩子，在等那个长大的你。

长不大的童心
做不完的梦
睡不着的夜
醒不来的早晨
忘不掉的你

你是我眼中的美
是天边一抹红
无论白天黑夜
是我无法割舍的忘却

生命之旅，一程又一程，前几天我还在黄鹤楼，转眼间已在北海，途中在岳阳稍作停留，和老朋友们见了面，再次游览了岳阳楼。这一行程，让我又想起了书中写的一些往事，再次勾起我对美好从前的回忆。

我曾在几天前的一个漆黑的夜晚，路过高山流水遇知音的古琴台，感慨世间知音难觅。

我也曾在几天前的一个午后，走在充满热带风情的海边。银滩上的柔沙细细软软，仿佛触着肌肤般，让人有心跳异样的感觉。海风吹着我的头发，我放眼看潮起潮落，这海潮似你我，缘聚缘散，缘来缘去。

我是一个孤独的旅者，还将继续孤独旅行。想停在这“三千海”，每日向大海远方眺望，只是没有你在海滩，海都变得孤独。

今夜在遥远的南国，我将枕着涛声入眠。那些我曾经爱过的人啊，此生也许不能再见，愿梦里相随。

我在迷雾的远方等你
也许要等一个世纪
因为有爱
因为你不在
我在枕着海涛的梦里孤独徘徊
只为你出现在我的未来而等待

由于工作太忙，文中疏漏之处，敬请谅解并批评指正。

感谢李良华、林颂等朋友提供的本书部分照片！

感谢湖北教育出版社的朋友们！

感谢支持我的朋友们！

2013年12月11日夜于北海

唱片歌曲

1.凤凰古城（湖南凤凰）

2.美丽的岳阳（湖南岳阳）

3.芒果香（云南丽江华坪）

4.碎心石

5.草原情歌

6.恋采依（湖北红安）

7.世外桃源（云南广南）

8.隔壁的女孩

9.把你藏在怀里

10.山谷里的思念

11.阿哥阿妹

12.华坪定华情（云南华坪定华公司）

13.你走的时候

14.云南的天空

15.你是我的魂

16.那一夜

凤凰古城

作词：谢军　　作曲：谢军　　演唱：谢军

沱江的水也　你静静地流
沱江的客人　你慢慢地走
凤凰城　楼挨楼
凤凰的天空飘着毛毛雨
人群之中　有没有你
有没有和我擦肩的回忆

人群之中　有没有你　有没有一个你
有没有和我擦肩的回忆
那不听话哟东一滴西一滴的毛毛雨
是否随风调皮钻入你的怀里

满天霏微多情的雨
有没有一滴　有没有一滴
打湿你的情意
如果你爱沱江
如果你爱凤凰
请将它湿湿的雨滴
带回去　带回去　带回去

凤凰古城，是一个让人去了不想走的地方。时间在那里变得悠闲起来。初到古城时，我没想到世界上还有这样一个地方，我也想成为古城的人。我们也许在古城见过，但只是擦肩而过的缘分。

岳阳，我去过几十次，却仍觉不够。不只是因为岳阳楼和洞庭湖，还有那里的许多朋友。我时常牵挂他们！

美丽的岳阳

作词：谢军　　作曲：谢军　　演唱：谢军

（美丽的岳阳楼　多情的洞庭湖
渔歌唱不尽　君山的茶叶香）

迎面吹来一阵清爽的风
飘来君山阿妹茶园的茶叶香
云彩轻轻飞　幸福万年长
岳阳　最美的地方

你的忧伤像那长长的汨罗江
绵绵春雨不停敲打在我心上
丢了我的魂　忘了我的情
为你　人间的天堂

美丽的岳阳　爱情的故乡
让我快乐地歌唱
长长的汨罗江　梦想在成长
伴我自由地飞翔

美丽的岳阳　许下你的愿望
一起寻找她的方向
登上那岳阳楼　满天的霞光
人们穿上了梦的霓裳

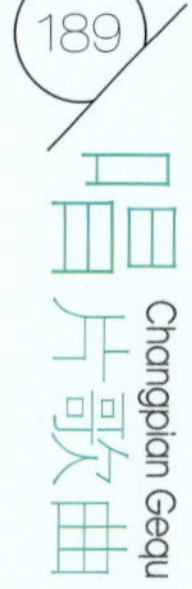

芒 果 香

作词：谢军　　作曲：谢军　　演唱：谢军

丽江，让人魂牵梦萦的地方，让人产生无限遐想。感情像天空一样纯净，自然地来，自然地去，不带走一片云彩。再美，也很难留下你的人，但不知不觉你的心已留下。

美丽的华坪芒果飘香
我一路追赶迷人的芬芳
芒乡的阿妹心地善良
多情的人儿心荡漾

青青的山冈　小河在流淌
我一路寻找爱情和梦想
远处的村庄一片安详
我要为你把歌唱

美丽的芒果香
请你来尝一尝
如果你喜欢它
就把它带回家

美丽的芒果香
阿妹的花衣裳
如果你爱上她
就请把心留下

当我恋上你的时候，你却恋着别人；
当你恋着我的时候，我却已经在旅途中了。

碎　心　石

作词：谢军　　作曲：谢军　　演唱：谢军

世上没有为心而碎的石头
却有为石而碎的心
让自己相信你从此已远离
漫漫在渺渺梦境里

你我没有刻骨铭心的恋情
我却有一颗痴痴的心
啊　从此一个人回忆
从此各奔东西
从此不会有好天气

我知道你是风景
你是雨后的彩虹
我忍住所有的忧伤
轻轻地与你分手

啊　碎心石
只为心儿圆
不为心儿碎
不为心也破碎

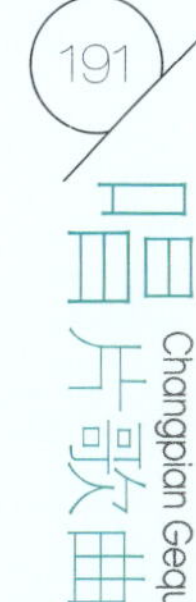

草原情歌

作词：谢军　　作曲：谢军　　演唱：谢军

蓝天白云下，河水静静地流淌。一望无际的大草原上，我喜欢和你骑马驰骋在晚霞弥漫的天边，吻你的酒窝和迷人的笑脸。

草原上留下我们相爱的足迹
蓝天也为我们许下了爱的真谛
你问我爱你会不会永远
你问我会不会走进你毡房里

美丽的晚霞映照你美丽的脸庞
和你驰骋在宽阔的草原上
深深的酒窝迷醉了我
为你放弃所有无怨无悔

草原上有我热烈的情歌
草原上有你亲爱的好哥哥
如果你爱上我　请你快马加鞭
追逐幸福　追逐欢乐

让我们今生永远相亲相爱
蓝天和白云永远不分开
如果你迷失方向　找不到回家的路
我为你孤独　为你祝福

我想在开满栀子花的小路上与你相遇，远离都市的喧嚣，过宁静的生活，和你白首偕老。

恋　采　依

作词：谢军　　作曲：谢军　　演唱：谢军

恋着山里的微风
恋着城里的霓虹
恋着你迷人的眼睛
就恋上了天上的流云

那天竹林采风
未曾想遇见你
鸟儿在山间欢唱
飘来花的清香

能不能在这青山小路旁
我和你再相遇
一起看美丽的风景
诉心语童年的回忆

你看着我　我望着你
天空还飘着小雨
你穿恋采依的样子
格外美丽

没想到这世间真有世外桃源。来到这里，心灵会变得纯净，仿佛生活在古时候。

世外桃源

作词：谢军　　作曲：谢军　　演唱：谢军

青青的山　绿绿的水
闭上眼睛想起酒窝的妹妹
马车在赶　船儿在追
转眼间三天三夜春光美
幸福的人不愿山外回
醇香的米酒让我心儿醉
炊烟在飘香　歌声在流淌
你我牵手斜阳　岁月轮回

你在山的那一边
我在山的这一边
村村寨寨美景相连
小桥流水伴着花香在眼前

弯弯清水绕心间
我望阿妹笑无言
你我不同两个世界
这就是我们的世外桃源

小时候，邻家的小妹经常和我嬉戏玩耍。长大后，每次看到隔壁的女孩就会想起她。

隔壁的女孩

作词：谢军　　作曲：谢军　　演唱：谢军

在我的隔壁
住着一位漂亮的女孩
她打开窗户
总想让我到她的家里来
我心里高兴
却总怕她的父母在

想去又不敢去
女孩说我这个人好怪
隔壁家的那个女孩
总是和我在月下徘徊
不知她有什么想不开

她却总不肯说出来
她的脸上不太愉快
两行泪水挂在窗外
女孩为何这样伤怀
快把心里话儿说出来

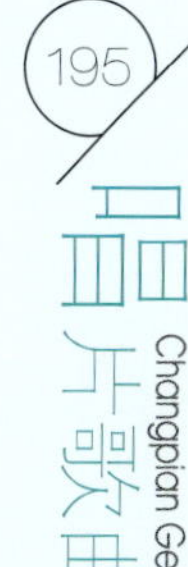

把你藏在怀里

作词：谢军　　作曲：谢军　　演唱：谢军

我把一生守成一道道山梁，等候妹妹高高的月亮。我要把你藏在怀里，让你快乐又漂亮，不让长夜漫漫冷了你的脸庞。

你走了　云散了
我哭了　雨下了
梦醒了　心碎了
我无奈　苦等待

翻开记忆中我的爱情
你总是找种种的借口
忘不了你甜蜜的话语
还有在我耳畔的温柔

是否还会有那么一天
你还会像原来那样爱我
给我你甜美的微笑
还有你最深情的拥抱

是否还会有那么一天
你还会像从前那样疼我
忘掉记忆中你的伤痕
一起奔向灿烂的明天

我将爱你的心
藏在我的怀里　我的怀里

山谷里的思念

作词：谢军　　作曲：谢军　　演唱：谢军

满眼青青的绿　浮现你甜甜的笑
我在遥远的南方　思念北方的你

风儿轻轻地吹　花儿含羞的忧郁
思念比光速还快　你在我心底徘徊

向远方挥挥手　那是爱情的方向
闭上眼睛微笑　相思苦无药

美丽的云南　我爱上了你
山谷里的小红花　总在我心头萦绕

我盼望　盼望早一点见到你
让白云捎去我的问候　带走我的思念

我在遥远的山谷里思念着你，不知道此刻的你在做什么，就让风儿带着我的思念问候你。

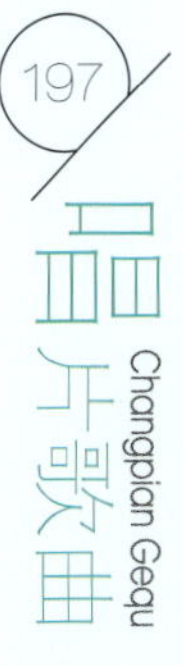

阿哥阿妹

作词：谢军　　作曲：谢军　　演唱：谢军

对面山上的阿哥
请你抬起头
青山绿水白云间
萦绕阿妹的笑脸

阿哥嘹亮的歌声
飘荡天地间
点点滴滴洒落
阿妹的心间

绵绵不断的春雨
代表我的情意
今天和你相遇
幸福洋溢着甜蜜

阿妹不求富贵
只要哥哥的心
你我携手前进
十指连心

阿哥爱阿妹
阿妹的心儿醉
田间太阳落
炊烟催你回

头上的喜鹊飞
冬去春又归
青山绿水畔
又添人一对

很羡慕山里的阿哥阿妹，一直盼望我的阿妹出现。我亲爱的阿妹，你在哪座山？ 我要翻过山寻觅到你。

华坪定华情

作词：谢军　　作曲：谢军　　演唱：谢军

太阳悄悄从山头升起
我们因为缘分在一起
乌木河水清又清
勤劳和幸福伴随你

月亮轻轻和星星私语
夜晚的山村显得更加神秘
家乡需要你　定华需要你
我们共同创造甜蜜

华坪家乡　我爱你
辛勤和智慧让家乡更美丽
兄弟姐妹　团结在一起
幸福的汗水　让定华更美丽

因为芒果，来到华坪；
因为华坪，结识了定华。
愿定华的明天更加辉煌！

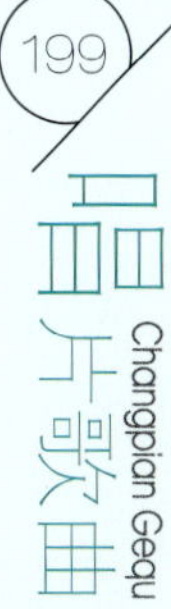

你走的时候

作词：谢军　　作曲：谢军　　演唱：谢军

你走的时候
我从不挽留
只是用那么一种眼神
温柔地看着你走

你走的时候
我从不开口
只是用那么一种心情
等待你回首

我知道无奈是难言的忧伤
携着自己的心情
看风中你的脚步匆匆　我不埋怨
只让承诺在雨地里行走
哦　天遥地远　我只能用心送你走好
只能用心送你走好

当你转身离去的时候，你又怎会知道，我的眼泪不知不觉掉了下来。

我喜欢云南的天空，喜欢天空下安逸的生活，也许在那原生态的山寨村落里，住着我亲爱的她。

云南的天空

作词：谢军　　作曲：谢军　　演唱：谢军

抬头遥望云南的天空
亲吻你温柔的脸庞
但愿时间将你我停住
不再让我孤独

我像云彩一样飞翔
飞到你的故乡
我像山野间盛开的小花
芬芳在你的心上

云南的天空
有时晴朗　有时雨露
像我的新娘
有时快乐　有时悲伤

心中的亲
今生今世　最爱是你
用我的一生　还有来生
拥抱着你

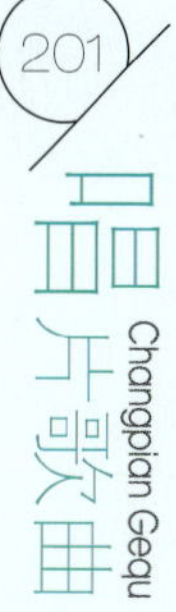

你，牵着我的魂，让我找不到来时的路。我嗅着你的芬芳，辨不清方向。

你是我的魂

作词：谢军　　作曲：谢军　　演唱：谢军

手一挥　止不住掉眼泪
我的心　因为你而伤悲
回忆我们初恋　我们甜蜜相爱
如今你在哪里
可曾想起我

你容颜　时常浮现眼前
因为你　夜晚显得更缠绵
思念无边蔓延
何时你能出现
给我你的感情
今生你属于我

亲爱的人请你快告诉我
是否也会因为我伤悲快乐
抛下所有怨　忘掉所有恨
我是你的人　你是我的魂

那　一　夜

作词：谢军　　作曲：谢军　　演唱：谢军

和你的初恋，让我一生难忘。每个人都有自己难忘的爱情，愿天下有情人终成眷属！

这不是偶然
也不是初缘
这是上天对重逢的安排

不相信眼泪
不相信改变
可是坚信彼此的情牵

我应该如何回到你的心田
我应该怎样才能走进你的梦

我想呀想盼呀盼　盼望回到我们的初恋
我望呀望看呀看　再次重逢你的笑脸

那一夜　你没有拒绝我
那一夜　我伤害了你
那一夜　你满脸泪水
那一夜　你为我喝醉

那一夜　我与你分手
那一夜　我伤害了你
那一夜　我举起酒杯
那一夜　我心儿已碎

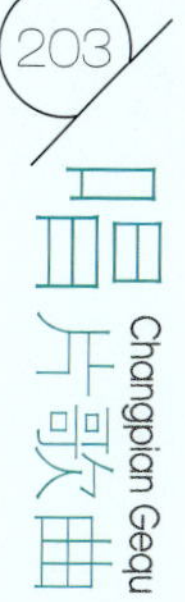

缘

让我们在茫茫人海中相遇